다크 나이트
영혼

선견자

영혼의 어두운 밤

____

저자: 선견자

2020- 선견자

판권.

문학 시리즈: 실용적인 조언

____

____

모든 부분을 포함한 이 책은 저작권이 있으며 저자의 허락 없이 재판매 또는 양도할 수 없습니다.

____

*Seer*는 여러 장르에서 통합 된 작가입니다. 지금까지, 제목은 언어 수십 에 게시되었습니다. 어린 시절부터 그는 항상 글쓰기 예술의 애호가였으며, 2013 년 하반기부터 전문적인 경력을 쌓았습니다. 그는 자신의 글을 통해 국제 문화에 기여하고, 습관이 없는 사람들에게 독서의 즐거움을 일깨우기를 바란다. 당신의 임무는 독자의 각 마음을 이길 것입니다. 문학 외에도 음악, 여행, 친구, 가족 및 삶의 즐거움이 주요 오락입니다. " 문학, 평등, 친교, 정의, 존엄성

"영혼의 어두운 밤은 "선견자"의 연속입니다. 주인공은 삶의 어려움을 겪고 있는 시기에 대한 답을 찾기 위해 산으로 돌아왔고, 그 원리들을 잊어버린 순간, 죄속에서 자신을 잃었습니다. 산에서 "선견자"는 그를 지식으로 인도한 두 "위대한 존재"와 접촉했습니다.

이 책은 위험, 해적, 바다에서 큰 모험으로 가득 찬 구절로, 우리에게 반사와 질문을 가져 오는, 우리는 궁금해 : 범죄가 복구 할 수 있을까, 정말 그 범죄에 대한 평화를 찾을 것인가? 그는 그 자체로 용서를 찾을 것인가? 그는 행복을 찾을 것인가? 아니면 환상일까요?"

헌신

-

-

저는 이 시리즈의 두 번째 책 "선견자"를 직간접적으로 제 꿈을 실현하도록 격려해 준 모든 사람들에게 바칩니다. 그 외에도, 나는 나에게 선물과 내 가족을 준 창조자는 내 경력의 시작 부분에 나를 격려하지 않았지만 항상 좋은 나쁜 시간에 내 옆에 있었다 기억해야합니다. 우리가 함께 새로운 모험에 착수하자!

두 아들

두 아들이 있는 한 남자가 있었다. 어린 사람은 아버지에게 이렇게 말했습니다.

"아버지, 제게 재산의 몫을 주시다"

그래서, 그는 그들 사이에 재산을 분할. 그 후 얼마 지나지 않아, 어린 아들은 함께 모여 먼 나라를 위해 출발했고, 그곳에서 그의 부는 야생생활을 낭비했습니다. 그가 모든 것을 보낸 후, 그 나라 전체에 심각한 기근이 있었고, 그는 궁핍하기 시작했다. 그래서 그는 가서 돼지를 먹이기 위해 자신의 밭으로 보낸 그 나라의 시민에게 자신을 고용했습니다. 그는 돼지가 먹고 있는 포드로 배를 채우고 싶었지만 아무도 그에게 아무것도 주지 않았다. 그는 자신의 감각에 왔을 때, 그는 말했다 :

"아버지의 고용된 종 중 몇 명이 여분의 음식을 먹었는지, 여기서 나는 굶주리고 있습니다! 나는 출발하여 아버지에게 돌아가 그에게 말할 것이다:

 아버지, 나는 하늘과 당신에 대해 죄를 지었다. 나는 더 이상 당신의 아들이라고 불릴 자격이 없다. 저를 고용한 종 중 한 명만 해주세요." 그래서 그는 일어나서 아버지에게 갔습니다.

그러나 그는 여전히 먼 길을 가고 있었고, 그의 아버지는 그를 보았고, 그를 위해 동정심으로 가득 찼다. 그는 아들에게 달려가 팔을 던지고 그에게 키스를 했습니다.

아들은 그에게 말했다, 아버지, 나는 하늘에 대해 당신과 에 대해 죄를 지었다. 나는 더 이상 당신의 아들이라고 불릴 자격이 없다.

그러나 아버지는 그의 종들에게 말했다, 빠른! 최고의 가운을 가져와서 그에게 올려 놓습니다. 그의 손가락에 반지를 놓고 그의 발에 샌들을 넣습니다. 살찐 소를 가져와서 죽입니다. 잔치를 하고 축하합시다. 내 이 아들이 죽었고 다시 살아 있기 때문이다. 그는 길을 잃었고 그는 발견되었습니다. 그래서 그들은 축하하기 시작했습니다.

소개

"영혼의 어두운 밤"은 조만간 우리 모두가 겪을 매우 어려운 단계에 대한 비판적인 모습으로 정의될 수 있습니다. 그것은 비난에 유리한 기간에 관한 것입니다 또는, 믿을 수 없는 그것은 사람의 특이한 구원에 보일 수 있습니다.

후자를 달성하기 위해, 우리가 어둠에서 자신을 해방하고 확실히 선의의 가슴을 입력 할 수 있도록 위기에 직면하여 조치를 취할 수있는 정확한 순간을 정확히 파악 할 필요가있다. 이 책을 따라 그것은 그렇게하고 성공할 수있는 핵심 요소를 표시됩니다. 이러한 특성 외에도, 텍스트는 우주의 두 기존 힘과 공존하고 적절하게 제어 할 수있는 방법을 보여줍니다.

또한 이 책은 한 가지 이유 또는 다른 이유의 모든 사람들을 대상으로하지만, 변화의 희망을 잃지 않았고 어쩌면 우리 모두가 추구하는 원하는 평화를 얻을 알고 있음을 강조하고 싶습니다. 이 책을 통해 저는 인간의 도덕적, 영적 진화에 기여하기를 바랍니다. 좋은 독서를 즐기고 다음 시간까지, 하나님은 기꺼이.

포스트 케이브

안녕하세요, 독자, 얼마나 오래되었습니다! 절망의 동굴에 들어가서 작가로서의 경력을 시작해 가는 꿈을 이루었고, 기본적으로 선견자, 슈퍼 재능이 있는 존재가 된 지 약 1년이 지났습니다. 이제 꿈을 이룰 준비가 되었다고 느낍니다. 그 전에, 그래도, 나는 동굴 이후 의 기간에 나에게 무슨 일이 있었는지 짧은 말할 것이다. 오로루바 산을 등반하고 보호자, 청소년, 어린 소년을 만나고 여전히 유령과 도전에 직면한 후, 저는 부모님의 집으로 돌아와 자신감 있고, 승리하고, 행복하고, 과거 생활을 재개하고자 했습니다. 그게 바로 제가 한 일과 연구에 헌신하면서 대학을 마쳤고 경력을 계속 이어갈 새로운 아이디어를 얻었습니다. 제 노력이 보상을 받았기 때문에 이것은 필요하고 중요한 순간이었습니다. 그러나, 나는 아직도 더 큰 꿈의 실현에 도달하지 않았기 때문에, 나는 여전히 완전히 성취되지 않았다 : 문학 세계의 상단에 내 시리즈 "선견자"를 볼 수 있습니다. 어쩌면 나는 매우 허세되고 있지만, 이것은 내가 느끼는 방식입니다, 결국, 나는 절망의 동굴, 세계에서 가장 위험한 동굴의 기적적인 힘에 의해 변형 된 선견자입니다. 글쎄, 운명이 그것을 결정하자.

　　　"반대 세력"을 재결합하고, 그들을 통제하고, 누군가가 자신을 찾을 수 있도록 돕는 첫 번째 임무의 성공으로, 나는 다음 모험을 위한 준비가 되었다고 말할 수 있습니다. 그 생각을 하면서 저는 오로부바 산의 신성한 땅으로 돌아가 보호자를 만나 위험하고 신비로운 "영혼의 어두운 밤"을 이해하는 이 책의 가장 큰 목표를 제가 도와줄 수 있도록 다음과 같은 결정을 내렸습니다.

어떤 옷, 십자가, 성경, 포켓 워치, 노트북, 필수 세면도구, 여행 도중과 여행 후에 바쁘게 지낼 수 있는 책 등 가장 필요한 물건을 분리하는 여행가방을 포장하기 시작합니다. 그 모든 것을 정리한 후, 나는 가족에게 작별 인사를 할 의도로 부엌으로 갑니다. 어머니를 찾아서 저는 어머니를 껴안고 어려운 대화를 시작했습니다.

　—사랑하는 어머니여러분, 저는 저의 비판적이고 영적이며 도덕적이며 인간적인 개선의 두 번째 단계를 이루기 위해 미모소 마을로 돌아가기로 결심했다고 말씀드리고 자했습니다. 그것은 내가 마침내 몇 시간 전에 나에게 무슨 일이 있었는지 이해할 수 있도록 엄격하게 필요한 여행이다, 영혼의 내 어두운 밤, 이것은 모든 필멸자와 공통의 상황입니다.

—미모소로의 또 다른 여행? 내 아들이 얼마나 미친지 볼 수 없습니까? 당신의 장소는 내 옆에 있습니다. 이 어두운 밤이 저를 버리고 싶어하는 지점에 왜 그렇게 중요한가?

— 나는 나의 꿈을 찾고 미모소로 갈 거야. 첫 번째 단계는 성취되었지만, 그것은 과거에 지금 나는 새로운 도전을 찾고 있습니다. 나는 그 해답이 산에 놓여 있고 따라서 나는 거기에 가고 있다고 믿는다. 엄마는 이해하려고, 당신은 세상을 위해 나를 제기하고 당신을 위해하지. 나는 절망의 동굴에서 살아남은 유일한 인간이며, 독자와

세상에 대한 나의 책임이 있다는 것을 기억하십시오. 내가 내 마음을 만들었기 때문에, 당신은 나를 격려한다, 가지 말라고 설득하는 대신. 어떤 식으로든 나는 당신이 당신에게 포옹을주고 찾을 수 싶었다.

그 말을 들자면, 저는 어머니에게 가서 서로 껴안았습니다. 이 제스처는 부드럽고 활발한 것으로, 내 에너지를 회복시켰고, 이것을 포함하여 다음 도전에 직면하는 데 필요한 것이 바로 그 것이었다. 그녀를 껴안은 후, 나는 마침내 어머니에게 작별인사를 하고 눈물을 흘리며 문으로 걸어갔다. 그 동안, 나는 정신적으로 여행에 대한 내 계획을 분석합니다. 그것은 나를 기다리고있을 것입니다? 나는 희미한 생각이 없었다. 나는 그들이 경험을 활성화하고 선동할 것이라고 확신했다. 독자, 함께 계속하자.

택시

잠시 후, 나는 마침내 집을 떠났다. 즉시 나는 미모소에 도착하기 위해 조용하고 경제적 인 교통의 편안한 수단을 찾기 시작했다. 나는 모든 가능성을 분석하고 거리가 지금까지 (24 Km)가 아니었기 때문에 가장 실행 가능한 택시라고 결정하게됩니다. 내린 결정; 나는 내 자원을 사용하여 첫 번째 를 통과합니다. 몇 번의 시도 끝에 마침내 한 번 을 잡았습니다. 차가 멈추고, 들어가서 문을 닫고, 편안하게 지내세요. 이 순간, 나는 그가 나에게 묻기 전에, 드라이버에 의해 면밀히 조사되고 있음을 느낀다 :

—어디, 대장님?

나는 그를 보고 단순히 대답 :

—우리는 신성한 산인 오로루바 산 근처의 미모소로 가겠습니다.

이렇게 말하던 그는 나를 경멸하며 바라보며 이렇게 말했습니다.

—글쎄, 나는 미모소가 어디에 있는지 잘 알고 있습니다, 가자. 그러나 오로루바산이 성스러운 것은 몰랐습니다. 이 이야기에 대해 바로 말해주세요.

그 단계에서 너무 많은 시간을 잃고 싶지 않고, 나는 약속 :

—그것은 이야기와 함께. 나는 여행 중에 그것을 말할 것이다. 우리는 갈 수 있습니까? 목적지에 도착하기를 간절히 바란다.

그는 행복하지는 않지만 나와 동의하고, 차는 중간 속도로 떠난다. 그 동안, 지금그리고 다시, 드라이버는 나를 쳐다 본다. 그는 나를 어떻게 생각할 것인가? 나는 잠시 동안 생각하고 그의 반응이 자연스럽다는 결론에 도달, 결국 몇 동굴의 비밀에 대해 알고 후. 그러나, 나는 그가 그런 식으로 나를 치료 할 수 있도록 어떤 바보가 아니다. 그 결과, 나는 진실을 말하기로 결정했다.

—드라이버, 나는 설명 할 준비가되어 있습니다. 이름이 뭐에요?

— 내 이름은 아우렐리오와 너의 이름이니?

—제 이름은 알디반이지만, 저를 하나님의 선견자나 아들이라고 부를 수 있습니다. 나는 당신이 내가 얼마 전에 한 진술을 믿을 수 있도록 정교하게 할 것입니다.

—나는 준비가 되어 있다. 당신은 말해 줄 수 있습니다.

—약 100년 전, 술쿠루 부족들은 쿠알라푸라는 마법사의 소용돌이 때문에 전쟁 중이었습니다. 오랜 시간 동안 많은 전투가 벌어졌기 때문에 수쿠루 국가는 사라질 위험에 처해 있었습니다. 그것에 대해 생각하는 것은 친절한 마법사가 개입하기로 결정합니다. 그는

전쟁의 종식을 대가로 자신의 목숨을 바치는 우주의 세력과 협정을 맺었다. 그 협정 이후에 기적이 일어났습니다. 마법사가 죽고 전쟁이 끝났습니다. 마법사는 대가를 치렀고 평화가 회복되었습니다. 그날부터 오로루바 산에서 신성한 것이 되었고, 그 꼭대기에 있는 절망의 동굴은 꿈이 이기적이지 않다면 어떤 꿈을 현실로 바꿀 수 있는 기적적인 힘을 얻었다. 산에서 살 수 있는 즐거움을 얻은 것은 이번이 두 번째입니다.

—매우 흥미롭습니다. 당신은 이것이 당신이 거기에 가서 두 번째라고 말한다. 처음은 어땠나요?

— 1년 전이었습니다. 저는 '반대세력'을 알고 통제하는 가난한 몽상가였다. 그 목적을 가지고 나는 산을 오르고 정상에 도달하고 보호자 (심오한 신비를 아는 기적적),도전을 성취하고 유령과 청소년과 어린 소년을 만났고 마침내 동굴에 들어갔습니다. 이 마지막 경험은 내가 선견자가되었고, 시현을 통해 시간과 우주 장벽을 극복하고 전지전능한 사람이 되었기 때문에 내 인생을 완전히 변화시켰다. 새로운 힘으로, 나는 다른 사람들의 가장 심오한 감정과 의도를 이해할 수 있었다. 한편, 나는 아직도 내가 준비가 되었다고 말할 수 없다. 인생은 동굴이 단지 무대였던 영원한 배움입니다. 이제 저는 새로운 도전에 대비하고, 따라서 제 삶이 돌아왔습니다. 이번에는 영혼의 어두운 밤, 내가 2 년 전에 살았던 모든 것의 중요성을 이해하고 싶습니다. 나는 산에서 답을 찾을 수 있을 것이라고 믿거나 적어도 나는 새로운 여행을 시작할 것이다.

—당신의 이야기는 정말 인상적입니다. 나는 당신의 진심을 느낄 수 있기 때문에, 당신을 믿는다. 나는 단지 한 가지를 이해하지 못했다, 이 표현의 의미는 무엇인가, 영혼의 어두운 밤?

—이 순간, 나는 나 자신이 어두운 밤의 완전한 의미를 모른다. 그러나 나는 기본적인 개념을 줄 수 있습니다, 그것은 우리가 단지 우리의 허세를 생각하는 우주 양성 세력에서 자신을 분리하는 순간

이다. 이 순간은 사건에 따라 인간의 영혼을 파괴하거나 구할 수 있는 매우 중요합니다.

—나는 이해한다고 생각합니다. 나는 이미 밤의 숙녀들과 함께 아내에게 충실하지 않았을 때 어두운 밤을 지났다. 그녀가 나를 떠났을 때, 나는 진정한 가치를 깨달았고, 나는 회개했고 우리는 만회할 수 있었다. 그 때부터 저는 새로운 사람이었습니다.

—여러분에게 일어난 일은 경과라고 보장할 수 있습니다. 사실, 어두운 밤은 우리가 상상할 수있는 것보다 더 심오합니다. 나는 내가 너무 많은 필요한 답을 찾을 수 있도록 노력하겠습니다.

—당신의 검색행운을 빕니다. 나는 당신에게 교육 소년, 지능과 결정볼 수 있습니다. 결정된 사람들은 항상 목표에 도달합니다.

—감사합니다. 이제 명상하고 휴식을 취해야 합니다. 목적지에 도달할 때까지 깨어나지 마십시오.

아우렐리오는 나를 안심시키고 나는 모든 선입견을 잊고 내 내면에 집중한다. 점차적으로, 몸은 이완하고 여분의 감각 감각이 깨어있다. 곧 왜곡되고 혼란스러운 이미지를 보기 시작합니다. 잠시 후, 생각의 힘에 의해 흔들렸다, 나는 모든 면에서 거대한 평야에서 자신을 참조하십시오. 나는 이 곳 한가운데있다. 오른쪽에서 뜨거운 강한 태양이 나타난다. 그것은 내 모든 불순물을 정화하고 나에게 평화와 자유의 감각을 준다. 동시에 왼쪽에서 두껍고 어두운 구름이 나타나 부정적인 감정과 생각으로 가득찬 무거운 분위기를 조성합니다. 이 힘은 그 그림자에 흡수된 주변의 모든 사람들을 비난할 수 있습니다. 그 옆에는 공정한 판단을 내리지 않고도 죄책감을 느낍니다. 두 세력은 항상 가까워지고 있으며, 얼마 전에 내가 통제했던 것처럼 보였던 두 "반대 세력"의 만남을 만들어 내고 있습니다. 얼마 지나지 않아 두 세력 사이에 천사가 나타나면 선택의 표시가 적어 보입니다. 나는 그것을 호출하고, 두 상대 세력 사이의 충격은 적어도 일시적으로 중지, 나에게 조금 더 편안한 떠나. 그럼에도 불구하고, 나는 모든 개인의 일부인 것처럼 보이는 어두운 밤의 가능한 상호 작용에서 자유롭지 않습니다. 소환 후, 천사, 태양, 어두운 구름, 풍경, 모든 것이 사라지고 점차 양심적이되고있다. 마침내, 나는 깨어났다. 나는 운동 택시의 내부, 같은 장소에 있는 느낌. 이 모든 것이 무엇을 의미합니까? 답을 찾기 위해 창 밖으로 나와 목적지에 거의 있다는 것을 알게 되었습니다. 나는 행복, 나는 몇 가지 답변을 얻기 위해 가까이.

산으로 가는 길

마지막으로, 차는 목적지에 도착하고 정지합니다. 즉시, 나는 내 가방을 잡고 나는 확신으로 나가. 떠나면서 마을 중심부의 모든 면을 상상하기 시작합니다. 첫눈에, 그것은 단지 마지막 처럼 매우 조용하고 아늑한 것 같다. 나는 앞으로 시작하고 어떤 알려진 사람들이 나를 만나러 와서 도움을 주려고 노력했다. 나는 그들에게 감사하고 바로 우리는 채팅을 시작합니다. 잠시 후, 나는 산에서 중요하고 긴급한 사업을 변명으로 사용하여 작별 인사를합니다. 무거운 가방과 바람직하지 않은 선입견을 들고 산책이 다시 시작됩니다. 두 번째로 산을 등반 한 후 나에게 무엇을 기다릴 것인가? 사랑하는 보호자 여인은 어떻게 될 것인가? 그건 내 두뇌를 채우는 몇 가지 질문이었다.

나는 산책을 계속하고 처음으로 나는 피곤함을 느낀다. 상황은 나를 잠시 멈추고 또 다시 고뇌가 내 존재에 완전히 침입하게 만든다. 나에게 무슨 일이 일어났는가? 1년 전에 꿈을 꾸었던 모험가의 영과 신앙, 에너지는 어디에 있을까요? 그 순간, 모든 것이 내가 더 이상 같은 사람이 아니었다고 믿게 만들었다. 절망하기 전에, 나는 상황을 공정하게 분석하기로 결정했다. 동굴 이후 짧고 강렬한 시기에 상황이 매우 불리해서 제가 누구인지 에 대해 다시 생각하게 되었습니다. 그러나, 그 순간 나는 나 자신에게 돌아갈 필요가

있다고 결론을 내렸다, 몽상가. 그것 없이는 영혼의 어두운 밤을 완전히 이해하지 못하는 모든 장애물에 직면할 수 없을 것입니다. 그것에 대해 생각, 나는 숨을 들이마시고 나를 안내 할 수있는 에너지를 깊이 찾고 숨을 내쉬고, 내가 그것을 도달했다고 믿을 때, 나는 다시 걸어. 이 순간, 나는 산기슭에 있지만, 이미 더 편안하고 위안을 느낀다.

나는 바닥에서 조금 걸어 산의 목소리가 행동하기 시작했다. 나는 그들이 정말 강하기 때문에 혼란스럽고 현기증을 느낍니다. 다른 때와 마찬가지로, 그들은 나를 포기하도록 설득하려고 노력합니다. 목소리 외에도 여섯 번째 감각은 일련의 이미지에 제출됩니다. 그 안에는 불, 고통, 비인도적인 행동, 배신, 반대 세력의 만남, 영혼의 어두운 밤을 봅습니다. 잠시 동안, 나는 양심을 잃었고 브라질 식민지 시대에 자신을 보았다. 나는 모든 것의 시작, 중간과 끝을 본다. 이 회고적 비전에서, 나는 그들의 우호적 인 모습 뒤에 자신의 두 번째 의도를 숨기는 외국인과 브라질, 인디언의 무고한 소유자의 첫 번째 접촉을 참조하십시오. 그들은 환영받고, 호스트가 의심하지 않고, 그들은 재물을 찾기 위해 모든 방법을 시도합니다. 그들의 첫 번째 시도에서, 그들은 그들이 찾고 있는 것을 찾아내고 철회하지 않습니다. 나중에, 그들은 돌아와 잔인하게 인디언을 노예로, 자신의 천연 자원을 탐구하고,이 모든 시간의 가장 큰 민족 학살을 야기한다. 이것은 영혼의 어두운 밤의 불, 생명, 꿈과 희망을 파괴한 불을 나타냅니다.

다른 순간에 나는 제 2 차 세계 대전에서 나치 집단 수용소에서 자신을 볼 수 있습니다. 이 시현에서는 억압자들의 어두운 밤이 거짓, 교활함, 차갑고 악한 행동을 제한없이 행동하기 때문에 아주 분명하게 드러나고 있습니다. 나는 인권 침해의 매우 강력한 장면을 겪고 있으며, 이것은 나를 눈물로 터뜨린다. 창조주들의 인간, 형상은 어떻게 그러한 잔학행위와 그러한 증오를 할 수 있는가? 그런 사람들은 민족주의자들과 편견을 가지고 사탄을 참으로 천사처럼 보이게 합니다. 이것은 영혼의 어두운 밤의 고통을 나타내며 돌아오지 않고 가는 길입니다.

　　　잠시 후, 나는 식물의 폭발, 더 정확하게 아마존 숲에 끌려. 나는 그 지역을 날아 다니고 어떤 시간에나는 숲에서 큰 개간을 볼 수 있습니다. 나는 조사하기 위해 착륙하기로 결정했다. 놀랍게도, 나는 환경 보존을 위해해야 할 지역에서 가능한 가장 많은 나무를 벌채하는 것을 목표로 다양한 유형의 도구를 가진 남성을 만납니다. 상황은 나를 다시 울게하고 나는이 모든 것의 원인인 힘과 부의 근원을 저주합니다. 너무 멀지 않은 다른 곳에서는 동물군을 무차별적으로 살해하는 어두운 밤이 완성됩니다. 나는 그 상황에 분노하고 나 자신에게 물었다: 인류는 이런 식으로 행동해야 하는 권리는 무엇인가? 우리는이 세상의 소유자가 아니라 그것을 존중하고 보존해야하는 손님을 전달합니다. 이 속도로, 우리는 심지어 다음 세대를위한 미래를 가지고 있지 않습니다. 이것은 어두운 밤의 비인도적 인 행동을 나타냅니다.

　　　얼마 후 저는 거룩한 도시인 예루살렘에서 제 자신을 봅습니다. 저는 목수의 아들, 가르침, 훈계, 승영, 치유와 기적을 수행하고 모든 죄인을 위해 하늘의 문을 여는 것을 보았습니다. 동시에, 나는 주인을위한 함정을 계획하는 강력한 소수민족의 부러움을 봅다. 그들의 목표를 달성하기 위해, 그들은 적, 사탄에 가입, 유다에 인격. 그의 도움으로 그들은 주인을 체포하고 그를 고문하고, 그를 모욕하고 마침내 그를 죽일 상황을 활용할 수 있습니다. 그러나 죽음조차도 아버지와 함께 생명을 창조한 것을 물리치거나 파괴할 수 없습니다. 사흘 후, 그는 반역자가 죽고 어두운 밤에 제공 된 고통에 주어지는 동안 무덤에서 영광스러운 부활했다. 부활 후, 예수 그의 추종자들에게 나타나몇 가지 권장 사항을 제시합니다. 그 중에서도 그는 편견을 야기하지 않는 것이 분명합니다. 예외없이 모든 사람은 완전한 삶에 대한 권리를 가지고 있으며, 영혼의 어두운 밤에서 구원은 그를 믿는 사람들을 위해 가능하다. 이것은 영혼의 어두운 밤의 배신을 나타내며, 영혼을 배신하는 사람을 나타냅니다.

또 다른 순간에 나는 반대 세력과 영혼의 어두운 밤에 관한 의심의 출현투쟁에서 자신을 참조하십시오. 이전 책의 마지막 전투는 얼마나 강력한 선함과 그것이 삶을 바꿀 수있는 방법을 보여 주었다. 그러한 일이 일어나는 유일한 조건은 증오, 부러움, 인색함, 이기심, 이기심 과 같은 악한 모든 감정을 해방한다는 것입니다. 이러한 모든 상황을 본 후, 내 마음 속에 있는 이미지의 회오리바람이 점차 사라지기 시작합니다. 얼마 후 나는 의식이되고 나는 기분이 좋다. 정상회담은 아직 먼 길이기 때문에 나는 즉시 다시 걷기로 결정했다. 산의 정류장에서 나온 목소리와 그래서 나는 산에서 더 편안하 게 등반하기 시작했다. 두려움, 수치심, 불안감이 뒤처졌다. 저는 제가 겪은 시현을 생각하며 탐구하고 싶은 소망을 새롭게 합니다. 무엇을 기다리고 있습니까? 솔직히, 나는 몰랐다. 어쨌든 나는 이미 도전에 직면하고 극복 할 준비가되어 있습니다. 결국 나는 선견자, 절망의 동굴에 직면하고 그것을 정복 하는 유일한 사람이 된 슈퍼 재능 존재.

심오한 불안에 대한 답을 찾는 것을 목표로, 나는 계속하고 나는 걷기의 3 분의 1을 완료 할 수 있습니다. 그 정확한 순간에, 다시 나는 휴식을 중지합니다. 나는 내 몸과 마음을 재수화 할 수있는 기회를. 곧, 그것은 이전 등반의 투쟁과 내가 세상의 끝에서 혼자와 경험이 없는 느낌에 온다. 나는 기적적인 동굴을 통해 내 꿈을 실현하기 위해 희망의 마지막 문자열을 찾고 몽상가였고 가파른 등반에서 살아남을 수 있었습니다. 등반 후, 나는 수호자, 유령, 청소년, 작은 레나토, 도전과 세계에서 가장 위험한 동굴에 진입을 포함하여, 거기에 보낸 순간을 기억한다. 나는 내가 성취한 승리로 내 꿈을 부분적으로 깨달았지만, 실제 상황은 완전히 다르다. 나는 이제 두 번째 진화 단계를 찾고 선견자입니다. 첫 번째 는 달성되었습니다, 나는 반대 세력을 재결합하고 누군가가 자신을 찾을 수 있도록 도왔다. 나는 영혼의 어두운 밤을 발견하는 두 번째 에 있었다, 같은 날 밤 수호 여인은 우리의 마지막 회의에서 언급 했다. 개인을 구하거나 비난할 수 있었던 밤. 나는 아직도 아침이었고, 나는 여전히 잘 모르는 그 이상한 아가씨, 수호 여인을 다시 만날 준비를 하는 세상에서 모든 시간을 가지고 있었기 때문에 에너지를 절약하려는 의도, 천천히 다시 걷기 시작했다. 그녀는 누구였습니까? 7일 넘게 그녀와 함께 살았음에도 불구하고 나도 알지 못했다. 제가 확신하는 것은 그녀가 제 반대 세력을 이해하고 저처럼 그들을 하나로 모으는 데 큰 도움이 되었다는 것이었습니다. 이번에는 그것이 달라질 것이라고 믿지 않았고, 희생을 치더라도 새로운 도전과 계시에 대한 준비가 되었다고 느꼈습니다. 결국 지식은 그 가격을 가지고 있고 나는 그것을 전액 지불 할 준비가되어 있었다.

나는 거리의 절반을 통과한 느리지만 꾸준한 속도로 걷는 것을 계속한다. 갑자기, 나는 아래를 내려다 보았고 거기서 미모소라는 나의 사랑하는 마을이었다. 그것을 보고 그것을 분석하는 것은 내가 내 첫 번째 모험을 했다 바로 그 장소에 있었기 때문에 나에게 매우 중요하다는 결론에 도달 : 시간을 통해 여행, 나는 불의를 수정하고, 반대 세력을 함께 넣어 나는 자신을 찾을 사람을 도왔다. 제가 보낸 순간들은 제가 결코 잊지 못할 중요한 성장, 인간, 영적 순간이었습니다. 나는 과거의 모든 사실을 기억하고, 나는 그 계정에 더 잘 준비되었다고 생각합니다. 엑스터시의 시간이 지나고 나서, 나는 다시 내 목표에 집중하기 시작하며 산 꼭대기에 접근할 수 있는 방법을 바라보았다. 이 순간, 돌은 무언가를 말하고 싶은 것처럼 움직입니다. 내가 몰락으로 향하고 있었다는 것이 있을까요? 이 어두운 밤이 너무 위험하지 않을 까요? 글쎄, 내가 알아 내려고 했던 것과 나는 이미 3/4를 초과했기 때문에 그것에 매우 가까웠습니다. 이것은 나를 행복하게 만들었고, 이것은 내가 행복, 실패, 두려움을 나타내는 세 개의 문에 직면했기 때문에 마지막 모험을 정복한 것이었습니다. 그 생각을 생각하면, 제 지식이 다른 사람들을 무시하는 행복의 문을 선택하는 데 결정적인 영향을 받았던 것을 기억합니다. 이번에는 같은 영감이 있기를 바랍니다.

나는 다시 걷고 몇 걸음 후 나는 정상에 가깝고, 마지막으로 도전을 성취 한이 같은 환영 탑. 총 3명이 있었고, 저의 능력과 역량을 평가했습니다. 생명 시험을 통과 한 후에만 거룩한 동굴에 들어가 반대 세력을 모으는 모험을 시작할 수 있었습니다. 이번에는 다르지 않을 것이라고 생각하지만, 나는 나를 기다리고 있는 것을 전혀 모른다. 결국, 나는 문제의 주제에 대해 거의 알지 못했다.

나는 걷는 것을 계속하고 상상할 수없는 것을 발견하려고 남은 에너지를 수집합니다. 몇 가지 더 단계와 마지막으로 나는 정상에 도달. 그곳에 도착한 태양이 더 밝고 부드러운 바람이 불어 오는 것을 느끼며, 변화된 목소리를 분명하게 들을 수 있습니다. 그들이 그것을 밝히는 것은 내가 밝힐 수없는 절대적인 비밀입니다. 그 이해와 내용에 접근하려면 나처럼 신성한 산을 등반 할 필요가있다.

새로운 도전이 시작됩니다. 독자 여러분과 함께 계속 합시다.

산에서의 첫날

방금 도착했고 이것은 나를 더 편안하게 만든다. 포켓 워치를 보면서 점심 시간이 가깝고 똑바로 가서 뭔가를 먹을 수 있도록 케이스를 여는 것을 깨닫습니다. 가능한 여러 경로 중에서, 나는 이미 알고있는 마지막 모험 중 하나를 선택했기 때문에 광대하고 수수께끼같은 정상에서 길을 잃을 위험을 감수하지 않습니다. 몇 분 후, 나는 바나나 나무와 코코넛 나무를 엿볼 수 있습니다. 나는 적어도 지금은 안전합니다.

나는 가까이 다가갈 때 정확히 그 장소에 도착하면, 나는 산에서 일어난 것과 똑같은 믿음과 발톱으로 바나나와 코코넛 나무를 올라간다. 나는 과일을 수확하고, 올라가고, 먹고, 조금 쉬고 있다. 한편, 나는 여전히 내 오두막을 건설하기 위해 목재를 찾아야하기 때문에 너무 많은 시간을 잃지 않습니다. 이것은 야생 동물로부터 자신을 보호하기 위해 엄격하게 필요했습니다. 필요한 것을 얻었기 때문에 다시 돌아온다.

돌아오는 길에 거처를 만들기 시작했지만, 시간이 지나고 보호자 여인의 흔적은 없습니다. 그녀에게 무슨 일이 일어날 수 있었을까요? 그녀가 더 이상 존재하지 않는 것이 아닐까요? 글쎄, 만약 이것이 내가 정말로 잃어버린 것, 나는 아직도 그녀가 영혼의 어두운 밤의 원하는 방법으로 나를 가리키는 열쇠 또는 적어도 화살이라고 믿기 때문에. 나는 최악의 생각하지 않으려고 내 임시 지붕을 구축 계속하고 나는 이미 경험이 있기 때문에 밤 동안 내 안전에 매우 강한 것입니다. 내 옆에서 헌신의 많은, 마침내 내 지붕이 준비가 되어 있습니다. 나는 거의 밤 시간이었기 때문에 조금 쉬기로 결정했다.

얼마 후, 차가운 바람이 불고 나는 나쁜 느낌이 있다. 무슨 일이 일어날 것인가? 나는 주변을 스캔하고 산이 내 존재에 반응하려고하는 더 많은 징후를 제공합니다. 결국, 나는 허락을 구하지 않고 신성한 땅을 걷고 있었다. 모든 안팎으로, 나는 오두막에 자신을 잠그고 다음 날을 기다리기로 결정, 밤은 이미 떨어지고 있었다. 안녕하세요, 독자. 다음 장까지.

영혼의 어두운 밤

나는 내 목표를 용이하게 신성한 산꼭대기에서 행복하고 편안합니다. 날씨가 좋고, 혼자이지만, 상대 세력의 약점을 통제하는 방법을 배웠기 때문에 두려워하지 않습니다. 갑자기 산의 모양이 급격히 바뀌기 시작합니다: 땅이 내 발 밑에서 사라지고, 나는 공중에 떠 다니기 시작하고, 하늘의 어두운 구름이 다가오고 있으며, 매 분마다 신비한 고뇌가 내 가슴을 질식시키고 있다. 동시에 북쪽에서 쿠알라푸가 이끄는 인디언 무리가 어둠의 마법사가 나타난다. 그들이 다가오면서 하늘의 어두운 구름이 더 강해지고 태양을 완전히 덮어 밤을 밤처럼 보입니다. 풍경을 보면서 쿠알라푸는 그의 신비한 세력을 추방하려 할 때 이해할 수 없는 말을 발음하는 것을 들었다. 그가 그렇게 할 때, 어두운 구름이 빠르게 움직여 내 몸의 모든 것을 포위했다. 동시에, 빛의 원이 나를 둘러싸고, 절망적으로 나를 안고. 다음 순간, 중력세력이 흔들리고 일종의 시간 터널이 형성됩니다. 즉시 나는 터널에 밀려, 그것을 만지면 나는 시현의 순서를 받게됩니다. 그 안에 나는 가장 발달된 영들 사이의 만남을 위해 영의 세계로 여행한다. 이 회의에서 그들은 특히 반대 세력의 분열에 대해 민주적으로 이야기합니다. 결국, 그것은 각각의 성능과 영혼의 어두운 밤과 관련하여 선택 측면에 동의합니다. 그 신비는 인간에게 주어지지 않기 때문에 아무것도 매우 명확하지 않다는 것을 지적 할 필요가있다. 모임이 끝난 후, 아기가 울고 있는 소리가 들렸고 삶이 시작되었습니다.

어린 시절은 발견과 자아를 찾는 기간입니다. 이 시기에 가족은 각 개인의 형성에 원시적인 역할을 맡고 있다. 부모는 정중하고 선한 사람을 만드는 데 필요한 도덕적 기초가 될 의무가 있습니다. 여전히 어린 시절에 대해 이야기, 그것은 또한 여분의 감각 현상이 그들의 날카로운에이 단계에서. 특히, 내 비전은 그 순간의 일부를 공개: 유령의 집의 뱀파이어, 공포에 땅에서 상승 하는 여자, 죽은 사람이 그렇게 원하는 빛을 찾을 수 있도록 도움을 요청, 다른 순간 들 사이. 이러한 각 상황에서 설명할 수 없는 절망과 결코 멈추지 않는 것처럼 보이는 질문들이 나타납니다. 우리는 우주에서 혼자입니까? 두 세계 사이의 문은 정말 닫혀? 누가 이 질문에 대한 답을 가지고 있었는지, 누가 놀라운 책을 쓸 수 있었다.

그러나 사춘기와 성인 단계는 어린 시절에 획득 한 개념을 고공화하기위한 가장 적절한 시기입니다. 제 경우에는 의심과 희망의 단계이기도 합니다. 꿈이 나타난다: 작가가 되는 것을 목표로 합니다. 그것은 에클레아스트, 지식 및 속담의 책의 성경 구절의 간단한 컬렉션으로 시작합니다. 언젠가 위기가 닥오고 매체의 비전이 나타난다. 얼마 지나지 않아 실업과 영혼의 어두운 밤의 시작이 왔습니다. 이 순간, 원이 깨지고 나는 나에게 나쁜 모든 사람과 접촉하고 그 내가 가치있는 존재가 아니라고 믿게했다. 어두운 밤의 그림자가 더 강해졌고 목소리는 내가 통제할 수 없었던 것에 대해 유죄판결을 내렸고 그것은 절대적으로 내 잘못이 아니었다. 나는 반항하고 큰 소리로 소리 : 나는 또한 하나님의 아들입니다! 이러한 태도로 어두운 밤의 비전이 사라지고 기분이 좋아집니다.

그러고 나서 저는 저를 오늘날까지 이끄는 궤적을 보기 시작합니다. 나는 내 꿈이 실현되는 것을 볼 수있는 희망의 마지막 문자열에 행복, 집을 떠난다. 꿈을 찾고, 나는 미모소에 도착, 산 오로루바를 등반하고 정상에 도달, 수호 레이디, 유령, 청소년과 어린 소년을 충족; 나는 도전을 성취하고 마침내 나는 절망의 위험한 동굴, 가장 깊은 꿈을 실현 할 수있는 동굴에 들어갑니다. 그 안에는 함정을 피하고 장면을 지나가면서 마침내 비밀 방에서 큰 노력을 기울여 가장 고민하는 마음을 이해할 수 있는 선견자이자 특별하고 재능있는 존재가 되었습니다. 거의 준비, 나는 동굴을 떠나 거기 그것은 타임 라인에 상상할 수없는 모험을 시작합니다. 그 여정에서 저의 목표는 바로 불의를 세우고, 누군가가 자신을 찾고, 반대 세력을 모으는 것이었습니다. 이 모든 것의 결과는 이름이 같은 책입니다. 이 모든 것을 본 후, 시현의 순서가 무너지고 다시 어두운 밤이 가까워지고, 그와 함께 빛의 원이 내 안에 다시 나타나서 그것을 명확하게 보고하지 않고 미래를 뛰어다닐 수 있도록 이끕니다. 빨리, 나는 라인의 끝에 도착, 나는 죽고, 판단에 가서, 어두운 밤은 내 주위에 남아있다. 청중앞에서 밤은 저의 모든 과거 행동을 고려하여 저를 소유하고 있다고 주장합니다. 판사는 논쟁을 듣고 나는 기대에 남아있다. 잠시 후, 내 발 밑에 아비가 열리고 나는 그것에 치열하게 빨려 들어간다. 나는 영원해 보이는 시간 간격으로 매우 빨리 떨어지기 시작합니다. 내가 거의 바닥에있을 때, 나는 강한 손과 팔에 붙잡혔다. 나는 나를 구해준 존재를 재빨리 바라보았고, 그것은 아름다운 날개를 가진 천사이다. 그 얼굴에는 회개라는 글이 쓰여져 있습니다. 우리는 같은 방식으로 돌아가고 어두운 밤은 더 이상 나를 통해 어떤 힘이 없습니다. 얼마 후 나는 천국에 도착하고 나는 생명의 기적을 유지하기 위해 그들과 함께 일하면서 우주의 가장 진화된 존재들과 함께 살 것이다. 그래서 새로운 단계가 시작됩니다.

\-

\-

수호 여인과의 첫 만남

　　새들이 노래하고, 태양이 나타나고, 아침 바람이 내 몸을 모두 감싸고 신성한 산인 이 신비로운 분위기에서 나를 깨우는 새로운 날이 나타난다. 이 정확한 순간에, 나는 땅이 어렵고 내가 가진 특이한 꿈때문에 좋은 추억을 다시 가져 오지 않았기 때문에 잊을 수있는 밤이라고 결론을 내렸다고 전날 밤을 떠올렸다. 산은 내게 무엇을 기대했는가? 나는 그것에 대해 더 배우고 따라서 진화하기 위해 제안 한 주제에 승리하는 것은 끊임없는 의지라고 생각합니다. 그에 필요한 힘을 수집하려고, 나는 일어나 스트레칭을 가지고, 아침 식사를하고 산의 보호자 레이디보다 더 아무것도 볼 수 없습니다. 우리의 눈은 만났고 빠른 평가에서 나는 그녀가 우리가 마지막으로 만난 것보다 젊어 보인다는 것을 깨닫습니다. 그런 다음 대화를 시작하기로 결정했습니다.

— 수호 여인?! 정말 내 아가씨인가요? 나는 필사적으로 당신을 찾고 있었다.

— 나는 알았지만, 그 이유를 모른다. 나는 몽상가의 방문, 하나님의 아들, 내가 그렇게 오랫동안 본 적이없는 어떤 명예를 빚지고 있는가?

대답을 시도하기 전에도 우리는 즉시 포옹하고, 이것은 나를 더 편안하고 자신감을 남긴다. 그 순간 나는 그녀의 도움을 의지하여 신비를 풀고 가장 심오한 불안에 대답할 수 있다고 절대적으로 확신했습니다. 행복감의 순간 후, 우리는 서로 분리, 우리는 서로 직면 앉아 우리는 대화를 다시 시작했다.

—저는 이미 2년 전에 살았던 영혼의 어두운 밤, 즉 많은 의심과 불안을 남긴 순간에 대한 답을 찾아 왔습니다. 그때 나는 잠시 동안 반성했고 산이 과거에 나에게 너무 많은 행복을 가져다 주었다는 결론에 도달했다 그것은 새로운 여행의 재개 일 수있다, 불과 위험한.

— 이해합니다. 하지만 당신은 당신이 영혼의 어두운 밤이라고 무엇에 나에게 아이디어를 줄 수 있습니까?

—제가 충분히 진화하지 않았음에도 불구하고, 저는 여러분에게 기본적인 아이디어를 줄 수 있습니다. 어두운 밤은 우리가 신성한 하나님으로부터 자신을 단절하고, 단지 우리 자신의 허영에 대해 생각할 때 정확히 그 순간입니다. 어둠이 심하고, 이것은 사람을 비난하거나 구원할 수 있는 순간입니다.

—적절한 정의이지만 불완전합니다. 젊은 한 가지를 배우면, 어두운 밤은 우리가 상상하고 더 진화 된 영혼만이 정말로 그것을 통제하고 이해할 수 있다는 것을 훨씬 더 심오합니다. 한 번 더 위험을 감수할 준비가 되셨습니까? 당신이 있다면, 나는 당신의 여행에 당신을 도울 수 있다고 생각합니다. 그러나, 나는 당신이 당신이 필요로하는 모든 답변을 정확히 여기에서 찾을 수 없습니다 당신을 경고해야합니다. 새롭고 예기치 않은 도전에 직면하려면 여러분의 측면에서 많은 용기와 결단력이 필요할 것입니다.

—여주인이 내게 명령하는 모든 것을 다하겠다. 어렵고 복잡한 희생을 해야 하는 가더라도 문제의 맨 아래까지 갈 준비가 되어 있다고 믿을 수 있습니다. 글쎄, 이번에는 첫 번째 단계가 될 것인가?

—첫째로, 너희는 일곱 가지 추기경의 죄를 깊이 알아야 하는데, 왜냐하면 보통 그들은 어둠의 커튼을 열어주니까. 나와 함께 당신은 세 가지 도전을해야합니다, 당신이 그들을 통과하는 경우 당신은 두 번째 단계로 이동합니다. 누군가가 마침내 어두운 밤의 의미를 이해할 수 있기 전에 총 세 단계가 있습니다. 쉽지 않을 것이기 때문에 준비하십시오. 게다가, 나는이 방법을 걷는 사람들이 이미 많은 사람들이 이미 목숨을 잃은 많은 위험에 직면하고 있음을 알려야 합니다. 당신은 여전히 계속 하시겠습니까? '예'라고 말하면 오늘 밤 첫 도전이 예정되어 있다는 점에 유의하십시오.

—네. 나는 힘든 지식에 대한 대가를 지불 할 준비가되어 있습니다. 준비됐어요.

—하루를 잘 보내십시오. 오늘 밤 다시 돌아올 것입니다.

그 말과 함께, 수호 여인은 다정하게 작별인사를 했다. 나는 밤을 준비하기 시작했다. 그것은 나를 기다리고있을 것입니다? 독자 여러분과 함께 계속 합시다.

도전을 기다리는 중

나는 시간 경과를 눈치 채지 않고 준비를 계속하고 정오입니다. 그 때부터 저는 이미 배가 고프기 때문에 점심에 집중했습니다. 나는 덤불에서 가져온 음식을 가지고 그것을 준비하기 시작했다. 처음에는 잠시 동안 약간의 걱정이 내 감정을 방해하고, 나는 나 자신에게 물어 : 수호 여성은 표현으로 무엇을 의미했는가 "많은 사람들이 이미 답을 찾고 목숨을 잃었다"? 그 의미가 완전히 문자 그대로일 수 있을까요? 글쎄, 어떤 식으로든 나는 그러한 힘든 지식과 모험에서의 성공에 도달하기 위해 필요한 위험을 실행할 준비가 완벽하게되어 있었습니다. 그런 생각을 하면서, 저는 산에 처음 도착한 이래로 어려움을 성취하고 장애물에 직면할 수 있는 충분한 용기와 힘과 신앙을 보여 주었다고 결론지었으며, 마침내 그 순간 성공의 마지막 소망이었던 절망의 신성한 동굴에 들어갈 수 있는 허락을 받았다. 내 목표의 이 부분을 더 잘 분석, 나는 정말 성공을 달성 할 수있는 기회를 가지고 결론을 결국. 결국, 나는 선견자가되었다, 슈퍼 재능있는 존재, 목표를 찾기 위해 시간과 거리를 초월할 수.

짧은 분석 후, 나는 점심식사에만 집중하고 먹이를 주는 것에만 집중하기로 결심한다. 곧바로, 나는 회복하고 야간 도전을위해 에너지를 모으는 시간이 필요했기 때문에 내가 만든 즉석 침대에 거짓말을하기로 결정했습니다. 잠시 후, 나는 졸린 얼을 상쾌한 잠자는 완전히 나를 인수한다. 쉬는 동안, 나는 계시했지만 해독할 수 없는 꿈을 꾸고 있었다. 그 중 한 명이 혼란에 휩을 때, 나는 깨어나서 주머니 시계를 보면서 거의 밤시간이라는 것을 깨달았다. 서둘러 나는 밤을 관찰하는 목적으로 일어나서 보호자의 연락을 기다립니다.

자부심

외출, 밤 가을은 나를 더 불안하고 긴장하게만든다. 나는 무엇을 직면 할 것인가? 첫 번째 도전은 무엇으로 구성됩니까? 그 질문은 내 걱정스러운 마음에 떠있는 질문 중 일부였다. 잠시 후, 나는 나 자신을 통제하고 나 자신에게 내 결정을 재확인하려고, 나는 모든 장애물에 직면 할 것이다, 그들이 될 수 있습니다. 전략은 바로 보인다, 나는 더 자신감과 큰 결단력으로 느낀다, 이전 임무에서 그 모험 스카우트 본능. 나는 행복하고 나는 영혼의 어두운 밤의 모든 매혹적인 측면을 발견 할 것이라고 자신을 약속, 너무 위험하고 우울. 그래서, 나는 모든 어려움에도 불구하고, 보호자 여성을위한 저녁 식사를 준비하는 오두막 의도의 부엌에 들어가기로 결정했다. 나는 그녀의 취향을 기억하고 우리가 마지막으로 만난 것처럼 수프를 만들기로 결정했다. 위험을 감수하지 않을 필요가 있습니다.

몇 분 후, 마침내 수프가 준비되어 있고, 맛을 내고, 가능한 한 맛있었기 때문에 기쁩니다. 배가 고프지만, 별의 모습에 매료된 별이 빛나는 하늘에서 다시 단서를 찾고, 잠시 동안 뭔가 말하고 싶은 것처럼 더 밝게 반짝입니다. 그것은 무엇을 할 수 있을까? 나는 내 어깨에 부드러운 터치를 느낄 때까지, 몇 가지 상황을 상상한다. 뒤를 돌아보니, 나는 그 어느 때보다 도드라지고 생생한 수호 여인을 만났다. 기대에 그녀는 대화를 시작합니다.

—몽상가, 준비가 되셨나요? 오늘 당신은 모든 것의 시작, 영혼의 어두운 밤의 창조를 알 수있는 기회를 갖게될 것입니다. 이것은 특별한 순간이며 몇 가지에만 예약된 것보다 주의하십시오.

— 나는 준비가 되어 있다고 생각하지만, 그 전에 는 나와 함께 수프를 달라고 부탁드립니다.

—네, 물론이죠. 나는 당신이 성공의 가능성과 도전에 직면 할 수 있도록 당신에게 필요한 지침을 제공 할 수있는 기회를 취할 것입니다.

수호 여인이 예라고 말한 후, 우리는 곧바로 겸손한 처지에 들어오며, 가는 길에, 내가 직면하게 될 위험을 예견하는 듯한 침묵이 남아 있었다. 이번에는 어떻게 될까요? 나는 알 수 없는 예측할 수 없는 총 길을 밟기 시작했기 때문에 스스로에게 물었다. 내 사건에 대해 생각, 나는 성공을 달성하는 것이 중요했기 때문에, 내 자신감을 재점화하려고합니다. 나는 선견자, 나는 모든 것에도 불구하고 두려워할 것이 없다는 것을 기억하고, 수호 여인의 옆에서 계속 걷고 있었다. 우리의 정기적이고 확실한 조치는 우리의 목표, 나무 오두막의 작고 즉흥적인 부엌으로 우리를 데려 갈 수 있습니다. 도착하자마자, 나는 수호 여인에게 유일한 대변을 제공하고 그녀를 섬기기 시작했다. 우리는 서로 앞에 앉아 있었고 얼마 전에 중단된 대화를 다시 엽니 다. 나는 지점으로 바로 가기로 결정했다.

—음, 수호 여인님, 이 도전은 얼마나 정확할까요?

— 잠시 동안 당신은 오두막을 떠나 단서를 찾기 위해 동굴의 상단을 통해 로밍해야합니다. 그 순간이 오면 순수한 빛, 수동성, 회개, 영혼의 어두운 밤이라는 네 가지 옵션이 있습니다. 가장 적절한 길을 선택했다면, 당신은 영혼의 어두운 밤의 출현에 대한 완전한 이해에 필요한 답을 얻을 것이다. 그 지식은 선견자이자 사람으로서 발전하는 데 매우 중요합니다. 그러나 우연히 잘못된 길을 선택하는 것처럼, 당신은 광기, 고통 또는 죽음을 찾을 수 있습니다, 경계를 유지해야합니다. 여러분이 늘 그렇듯이 현명하고 우주의 가장 심오한 신비의 휘장도를 밝히기로 선택하십시오. 이 지식에 접근할 수 있는 사람은 거의 없다는 것을 알고 있습니다.

— 이 첫 번째 도전을 극복하기 위해 어떻게 준비해야 하는가?

—첫째로, 천상의 보호를 받기 위해 많은 기도하십시오. 그 후, 당신이 이전 모험에 경로의 선택에 직면 할 때와 같이, 당신의 좋은 감각과 지식을 사용합니다. 그 당시에는 오른쪽의 길, 빛의 길, 포기와 어려운 선택을 대표하여 가장 어려운 두 가지 옵션이 있었습니다. 이 각 길에서, 개인은 많은 어려움에 직면하지만, 천체 보호에 의존할 수 있으며, 확실히이것은 진화의 방향으로 가장 적합한 경로입니다, 이는 최종 목표는 아버지에게 도달하는 것입니다. 그러나, 어둠의 왼쪽에 있는 길은 가장 쉬운 길이며, 넓으며, 아버지의 부름에 반항하는 모든 사람들에게 그의 사명에 반하는 것입니다. 그것은

또한 배워야 하지만 연습 하지 학습에 대 한 경로. 다른 시간, 당신은 올바른 선택을하고 상대 세력을 제어 할 수 있었다 그리고 그것은 당신을 도움이 될 수 있습니다 이 시간. 상대 세력을 통제할 수 있는 사람들은 기적을 만들 수 있다는 것을 알고 있다.

—이해합니다. 내가 잘못된 길을 선택하는 경우, 그 결과가 정말 나를 칠 수 있을까?

—걱정하지 마세요. 내 지시를 적절히 따르는 경우 아마 아무 일도 일어나지 않을 것입니다. 그러나, 당신은 매우 조심해야합니다, 사람들의 대부분은 그 순간에 어두운 밤의 존재를 무시하는 것을 선호하기 때문에, 거짓 자아를 가정, 완벽하고 도달 할 수 없습니다. 일반적으로 이런 식으로 행동하는 사람들은 그들이 다른 사람들보다 더 낫다고 믿으며, 그들이 하나님께 더 가깝고 자기 비판의 좋은 감각을 갖지 못하고 더 나은 인간이 되려고 노력한다고 잘못 생각합니다. 이런 종류의 사람의 어두운 밤이 그들 모두의 가장 위험하다는 것을 알고 있습니다. 어두운 밤을 인식하지 않고 그 결과에 대해 신경 쓰지 않고 밟는 다른 사람들이 여전히 있습니다. 각 실수에 대해, 그들은 빛에서 더 멀리 얻을 누군가가 그들을 도와주지 않는 한, 그들은 마침내 멸망에 빠지게됩니다. 이들은 모두 육체와 영의 악에 마약에 취해있는 사람들입니다. 무언가가 그들의 삶을 변화시킬 때까지, 일정 기간 동안 어두운 밤을 밟는 세 번째 유형이 여전히 있습니다. 이 사실은 조언, 반사 또는 운명의 캐주얼 일이 될 수 있습니다. 사실은 그런 위험한 밤에서 자신을 저장하는 열쇠 중 하나 인 회개를 제공합니다. 이 외에도 어두운 밤의 다른 유형이 있지만, 그것은 우세하지 않습니다. 인내심을 가지고 당신의 한계를 능가할 수 있도록 주의를 기울이고, 지식의 길로 나아가고 운명의 함정에 빠지지 않도록 하십시오.

—감사합니다. 그 설명 후 나는 내 어두운 밤이 세 번째 유형이었다는 결론을 내릴 수 있습니다. 그 안에 나는 내 이해를 넘어 몇 가지 경험을 받았다. 이 때문에 영혼의 다양한 어두운 밤을 이해하고 분

석 할 수있는 지식을 얻고 자하는 지식을 얻고 자했습니다. 이것은 내 개인적인 발전과 경력을 위해 절대적으로 필요합니다.

— 글쎄, 그것은 단지 나를 위해 남아있다 지금 당신의 경로에 행운을 기원합니다. 여러분은 헌신하는 젊은이이며 성공할 자격이 있습니다. 많은 마음이 여러분에게서 더 좋고 행복한 사람들이 되는 비결을 배우게 될 것임을 압니다. 물론, 당신의 기여는 중요하고 엄청을 것입니다.

그 후, 수호 여인은 식사를 마치고 밖을 내다보며 나에게 돌아간다.

—도전의 시기입니다. 나는 내 길에 있어 내 권고에 대해 잊지 마세요.

즉시, 그녀는 일어나서 밤에 사라져 내 불안으로 나를 혼자 남겨 둡니다. 이 순간, 나는 늦은 밤과 가벼운 수면이 나타나기 시작한다는 것을 깨닫고 주머니 시계를 보았다. 나는 잠시 동안 생각하고 내 목표에 찬성 희생을하기로 결정했다. 이 결정을 내리면, 나는 내 사건에서 횃불을 들고 오두막에서 나간다. 나는 그 빛이 신성하고 위험한 산 꼭대기에서 나에게 안전을 주기에 충분하지 않다는 것을 깨달았다. 그럼에도 불구하고, 나는 포기하고 내 능력을 믿지 않는다. 나는 몇 걸음 을 가지고 또 다른 결정을 내린다 : 나는 장엄한 동굴이있는 상단의 서쪽을 걷기 시작했다. 나는 내면의 의심을 가지고 있기 때문에 그렇게했다.

결정, 나는 가장 가까운 경로로 이동합니다. 반쪽 나는 야생동물에서 소음을 듣고 시작합니다. 지금은? 어떻게 자신을 보호할수 있을까요? 두려워, 나는 침묵기도를 반복하기 시작하고 소음은 기적처럼 즉시 감소. 나는 더 편안하고 도전을 집중, 산책을 계속 느낀다. 다시 말하지만, 의심은 끊임없이 나타나고 나는 묻습니다 : 나는이 어려운 첫 번째 도전을 극복 할 수 있습니까? 글쎄, 내 측면에서 나는 내 목표를 달성하기 위해 최선을 다할 것입니다 : 어두운 밤에 대한 답변과 지식에 대한 나의 욕망에 대한 검색.

　　　나는 계속 걷고, 곤충의 강렬한 cri-cri와 함께 집중력을 잃는다. 대안으로, 나는 경로에 길을 잃지 않도록 내 본능과 경험으로 도박을하기로 결정했다. 시간이 지나고, 꾸준하고 빠른 걸음으로 나는 절망의 동굴에 더 가까워지고, 책의 선자가 된 곳. 앞으로 걸어서 그 앞에 서서, 내가 마지막으로 이곳에 왔을 때의 기억이 제게 돌아왔습니다. 나는 알 수없는 운명을 찾기 위해 산을 등반 한 단지 몽상가였다 포함 모든 세부 사항을 기억한다. 완전히 등반함으로써, 나는 수호 여인, 인간의 가장 심오한 신비를 이해할 수있는 기적의 정신을 아는 기쁨을 누렸다. 그녀의 도움으로, 나는 세 가지 도전을 달성, 다른 것보다 하나 더 어려운. 아직도 산에, 나는 나 자신을 위해 원하는 것을 주장하는 목적으로 유령과 청소년을 직면했다. 그 모든 단계 후, 마침내 나는 절망의 동굴, 불가능을 가능하게 할 수있는 동굴에 들어갈 수 있었다. 모든 장애물을 극복하고, 비밀 실에 도착 할 때까지 장면을 통해 갔다. 그곳에서 제 타고난 은사는 강화되었고, 결국 시세와 공간에서 기적을 만들 수 있는 선견자가 되었습니다. 모든 것을 깨달았을 때, 나는 동굴을 떠나 시간을 통해 여행하면서 불의를 바로 잡고, 누군가가 자신을 찾도록 도왔고, 마침내 마지막부터 상대방 세력과 다른 세력을 모았습니다. 저는 선교 사업을 성공적으로 수행했고, 이제 는 새로운 모험을 준비하고, 영혼의 울창한 어두운 밤을 관통하고, 아무도 해본 적이 없는 무언가를 관통한다고 느꼈습니다. 열정으로 가득찬 나는 더 걸어서 초자연적인 표지판을 기다리며 동굴 입구에 서 있었지만 아무 일도 일어나지 않았다. 시간이 지남에 따라, 나는 동굴이 실제 도전과 는 아무 상관이 없다고 확신했고, 나는 동굴에서 멀리 가서 산의 북쪽을 향해 또 다른 길을 찾았다. 나는 횃불의 빛에 의해 도움, 바로 그것을 발견하고 산책을 계속.

　　　새로운 길을 택하고, 저는 계획을 성취하고 원하는 성공을 거둘 것이라고 믿기 때문에 신앙과 희망이 새롭게 바뀌었다고 느낍니다. 확신과 선견자의 개발 본능에 따라, 특정 시점에서, 나는 경로를 떠나 덤불에 들어가기로 결정했다. 심지어 나를 아프게 가시처럼 어려움에 직면, 나는 내면의 확신을 가지고 있기 때문에, 같은 방향으로 걷는 것을 계속합니다. 나는 클리어링이 나타나지 때까지 약 10 분 동안이 속도로 계속합니다. 내 앞에는 네 개의 뚜렷한 경로가 있었고 그 중 하나를 선택해야했습니다. 압력을 받고, 나는 모든 가능성을 분석하기 시작했다. 이 경우 그것은 단지 행운이나 운명, 단순히 지식이 아닙니다. 길 사이에는 빛의 길, 수동성의 길, 회개의 길, 영혼의 어두운 밤의 경로가 있습니다. 첫 번째 사람은 아버지의 부름, 그의 사명에 자신을 주는 모든 사람들에게 속한다. 물론, 이것은 가장 어려운 경로, 대부분의 만들 준비가 되지 않은 포기 와 선택을 필요로 하기 때문에. 그러나 두 번째, 수동성 경로는 다른 사람의 고통과 같은 결과에 대한 우려없이 자신의 실수를 지속하는 모든 것을 나타냅니다. 경우에 나는이 경로를 선택나는 심지어 광기에 도달 할 수 있습니다. 회개의 길과 관련하여, 이 사람은 삶을 변화시키고, 용서하고, 상대방을 이해하려고 할 준비가 된 모든 인간에게 속한다. 그러나, 대부분의 사람들은 매우 오랫동안 그것을 밟을 수 없습니다., 주로 자부심 때문에, 정확 하 게 추기경 죄 내가이 특정 도전의 바닥에 이해 하려고 합니다. 이 길을 택한 저의 경우, 저는 많은 고통을 관찰하고 느낄 것입니다. 마침내, 모든 사람들이 인생의 특정 시점에서 겪는 어둠의 지식과 신비한 경험을 나타내는 영혼의 어두운 밤의 경로가 있습니다. 잠시 숙고한 후, 나는 영혼의 어두운 밤의 경로가 그 순간에 따라가는 것이 가장 적절하다고 결정하게 됩니다. 그러나 여행을 계속하기 전에, 나는 두 상대 세력 사이의 마지막 모험에서 선택해야했던 나의 과거의 도전을 특별히 기억한다. 그 경우, 오른쪽에 있는 경로가 빛의 경로를 나타내기 때문에 가장 정확한 경로였고, 왼쪽에 있는 길은 어둠의 길을 나타내기 때문입니다. 이제 상황은 달랐다, 네 개의 경로가 있었기 때문에 하나만 가장 적합한 선택이었다. 나는 잠시 동안 숙고한다. 나는 역할을 반전시키고 극단적 으로 가는 길을 비하하기로 결정했고, 그 옆에 있는 빛 중 하나와 그 옆에 있는 것은 회개 중 하나였다. 그래서, 극단적 인 오른쪽에 경로, 나는 영혼의 어두운 밤 중 하나와 그 옆에 있는 것으로 그것을 기동성 중 하나로 비하. 내 직감을 확인하기 위해, 나는 경로 라운드 기운을 만들고이 계획은 나에게 원하는 결과를 제공합니다. 그런 다음 나는 소수의 사람들이 모르는 진실을 찾고 극단적 인 오른쪽에있는 길을 따릅니다. 잠시 더 오래 걷고 나서, 내 꾸준한 페이스는 중간에 호수가있는 평평한 곳으로 데려 갑니다. 은행에서 한 여성이 저를 부르며 저를 향해 손을 흔들고 있습니다. 호기심에 의해, 나는 그녀의 전화에 응답하고 가까이. 내가 그녀에게 도달할 때, 나는 대화를 시작합니다:

— 당신은 영혼의 어두운 밤의 기원의 신비의 소유자입니까?

—아니, 내 사랑. 그러나 나는 도울 수 있습니다.

　　　그 말은, 여자는 빠르게 움직이고 몇 초 만에 내 뒤에 자신을 배치, 호수로 나를 밀어. 무방비, 나는 물에 간다. 이 순간, 산이 흔들리고, 중력이 영향을 받고, 하늘이 어두워지고, 내 몸은 엄청난 속도로 올라간다. 점차적으로 나는 감각을 잃고 시현이 나타난다. 나는 그들 중 하나에 집중하고, 그것은 시간을 통해 여행하는 것처럼, 나는 큰 폭발과 그 결과를 참조하십시오. 그 특별한 비전에서, 나는 태양계와 물질의 생성을 나타내는 모든 구성 요소의 생성을 알고있다. 이 것 외에도, 동시에 모든 인간의 영적 창조가 발생합니다. 특히 이 것에서 저는 유일한 주인의 지휘 아래 천사들의 군대를 지켜보았고, 루시퍼라는 종의 도움을 받아 도움이 되고 효율적인 천사입니다. 어느 날 군대의 주인이 먼 우주에서 새로운 은하를 만드는 목표를 가지고 가야 할 때까지 모든 것이 영적 계획에서 잘 진행되고 있었고, 그래서 루시퍼는 천국을 담당했다. 주가 떠난 직후, 루시퍼는 중요성이 커졌고, 그 힘은 그의 머리에 다가졌다. 순식간에 그는 더 이상 종이 되지 않기로 결정하고 다른 천사들과 반역했다. 그는 왕좌, 권력, 이키리리스, 천사, 천사 등 모든 계층에서 지지자를 얻었다. 그러나 루시퍼의 계획은 다른 종인 마이클에 의해 제때 발견되었습니다. 이 사람은 동생 루시퍼의 야망과 다른 천사들과 함께 반격을 조직하는 것에 동의하지 않았다. 그래서 전쟁이 시작되었습니다. 한쪽에는 마이클과 야웨를 유일한 주인으로 지지한 사람들. 다른 한편으로는 루시퍼를 최고로 지지한 사람들. 이 순간은 권력을 위해 많은 생명이 손실되었기 때문에 모든 우주에서 가장 섬세한 순간이었다. 수많은 전투가 끝난 후, 마이클과 그의 천사들은 루시퍼와 그의 추종자들을 둘러싸고 그들을 물리치고, 견딜 수 없는 방안에 그들을 잠글 수 있었다. 따라서, 전쟁을 종료하고 주는 자신의 정당하고 자격이 장소를 차지, 여행에서 돌아왔다. 돌아오는 길에 그는 전투에서 용감하게 미가엘과 그의 추종자들에게 보람을 주시고 하늘나라 행정에서 더 높은 곳에 주었다. 루시퍼는 처벌로, 모양으로 끔찍한 용으로 만들어졌고 심연의 불은 불이 켜져, 거기에 조금씩 불타는. 이 순간, 영혼의 두려운 어두운 밤이 나타나고 권능과 자부심의 자리가 원시적인 원인이 되는 것은 바로 이 순간입니다. 이 모든 사실을 목격한 후, 시현은 내 마음에서 사라지고, 지프에서, 나는 호수 의 둑에 내 놀라움에 돌아왔다. 나는 주위를 둘러보고 아무도 볼 수 없다. 나는 밤의 대부분이 지나갔기 때문에 즉시 오두막으로 돌아가기로 결정했다. 서둘러, 나는 시간에 다시 길을 커버하고 몇 걸음, 나는 오두막에 다시입니다. 나는 상쾌한 수면을 찾고 내 침대로 바로 이동합니다. 나는 즉시 그것에 가을 근처에 점점. 내일은 또 다른 날이 될 것이고, 나는 그런 힘든 지식을 찾기 위해 어둠의 두려운 길을 계속 걸을 것이다.

또 다른 날

    마침내 날이 밝아졌고, 첫 번째 태양광선이 내 얼굴에 부딪히고, 깨어났다. 각성 나는 내 에너지를 수집하고 천천히 일어나, 스트레칭 나는 아침 목욕을 하기로 결정했다. 그래서, 나는 신속하게 즉석 욕실에 이동합니다. 몇 걸음 후, 나는 목욕을 준비하기 시작했다. 나는 빨리 옷을 벗고 비누를 입고 차가운 물을 몸에 뿌려 놓았다. 차가운 느낌은 어젯밤을 떠올리게 합니다. 마지막 도전을 신중하게 분석하면서, 나는 영혼의 어두운 밤의 기원과 자부심의 정확한 의미의 발견이 사람들이 가라앉고 이 어두운 구름에 남아 있기 때문에 큰 거래를 이해하게 되었다는 결론을 내막게 됩니다. 제 겸손한 생각에, 대다수의 사람들은 자신과 물질 세계와 크게 연결되어 있습니다. 그 결과, 그들은 권력, 부, 사회적 과장과 허영을 찾기 위해 매일 하는 실수를 볼 수 없습니다. 시간이 지남에 따라, 이런 종류의 사람의 영적 상황은 그들이 계속 잘못하고 회개하고 용서할 수 없기 때문에 더욱 복잡해집니다. 그리고 그 결과는 거기서 멈추지 않습니다. 점차적으로 어두운 밤의 구름이 두꺼워지고 그 영향은 궁극적으로 사람의 다른 감정에 영향을 미칩니다. 한 걸음 더 나아가 사람들은 반품이 없는 심연의 가장자리에 도착합니다: 소외, 부끄러운 행위, 잔인함, 그리고 다른 사람들의 윤리 부족. 이 정확한 순간에, 신성한 또는 천사 (선한 것에 헌신하는 존재)가 없다면, 어두운 밤도 비난 할 수 있습니다. 그러나 생명이 있는 동안 여전히 희망의 광선이 있는데, 이는 이미 마지막 순간에 구원받는 굳어진 마음의 사례가 있었기 때문에. 그 중 하나는 순교하기 전에 용서를 구하고 예수 그의 왕국에 도착했을 때 그를 기억하는 그리스도 옆에 십자가에 못 박힌 것입니다. 그 때, 모든 사람들에게 놀라움, 예수 약속 : 나는 당신을 보장, 당신은 오늘 파라다이스에서 나와 함께있을 것입니다. 주인의 태도는 하나님의 웅장함과 용서의 힘이 어두운 밤의 영향에 직면하고 있음을 보여줍니다.

　　　　나는 모든 불안과 선입견을 잊어 버리고 목욕에만 집중합니다. 나는 비누에 다시 넣어 내 불순물을 완전히 제거하고 내 몸에 더 차가운 물을 던져. 내가 준비가되면, 수건을 잡고, 자신을 건조, 깨끗한 옷을 입고 마침내 화장실을 떠나. 나는 수호자 여인보다 더 이상 얼굴을 마주하게 된다. 그녀는 대화를 시작합니다.

—안녕하세요, 하나님의 아들. 아침 식사를 위해 저를 초대하십니까? 나는 지나가고 있었고 어젯밤에 어떻게 가는지 알아 내기 위해 당신에게 방문을 지불하기로 결정했다.

—물론이죠. 자신을 도와주세요. 당신은 나와 함께 할 것인가?

수호 여인은 동의하며 고개를 끄덕이며, 우리는 곧 바로 즉석 부엌으로 향합니다. 몇 걸음 만에 우리는 거기에 있고 나는 그녀에게 대변을 제공합니다. 나는 그녀를 봉사하기 시작하고, 그녀는 앉아서 우리는 대화를 계속합니다.

—가디언 레이디, 두 번째 도전은 가까운가?

— 그것은. 오늘 오후가 될 것입니다. 그 전에, 그러나, 마지막 도전에 당신의 경험에 대해 말해. 나는 당신이 다음 단계로 진행하기에 충분히 이해했는지 확인하고 싶습니다.

—처음에 저는 서부로 향하는 것을 떠났는데, 아마도 제가 선견자가 된 기적적인 동굴과 는 관련이 있었을 것입니다. 그러나 그곳에 도착했을 때, 나는 내가 틀렸다는 것을 깨달았고 그래서 나는 다른 방향으로 갔다. 이번에는 산 꼭대기의 북쪽으로 향했고, 잠시 후 길을 떠나, 당신의 숙녀가 나에게 경고한 대로 네 가지 경로가 있었다. 그 길은 순수한 빛, 회개, 수동성, 영혼의 어두운 밤을 나타냈다. 인생에서 또 다른 시험을 통해 저는 각 자의 비밀을 밝히기 위해 제 에너지와 지혜를 모았습니다. 결국, 나는 그것을 달성하고 몇 가지 결론에 도착했다. 나는 순수한 빛의 길은 아버지의 뜻에 자신을 복종하고 그들이 지정된 사명을 충실하게 성취하려고 노력하는 모든 사람들에게 속한다고 말할 수 있다. 그러나, 이 길은 그들 모두의 가장 어려운, 세계는 몸과 영혼에 대한 더 쉽고 즐거운 대안을 제공하기 때문에, 많은 사람들이 포기하는 원인이. 요컨대, 그것은 비난과 선택의 길입니다. 회개의 길은 상황이 돌아오지 않는 시점에 가까우더라도 자신의 실수를 인식하기에 충분한 겸손함을 가진 모든 사람들을 위한 것입니다. 그것은 중생의 기적이 발생하고 그 후 사

람들이 완전하고 행복한 삶을 가질 수 있는 곳입니다. 수동성의 경로와 관련하여, 이것은 범죄를 저지른 모든 사람들의 무관심이지만 완전히 죄책감을 느끼지는 않습니다. 이런 종류의 사람의 어두운 밤은 일반적으로 치명적입니다. 제 자신의 경험에서, 나는 새로운 세계를 만드는 것보다 수동적인 사람을 설득하는 것이 더 어렵다고 말할 수 있습니다. 마지막으로, 영혼의 어두운 밤의 길은 우리가 우리의 이익과 허전에 대해서만 생각하느라 하나님으로부터 자신을 분리하는 순간을 나타냅니다. 각 경우에 따라, 어둠은 개인을 비난 할 수 있습니다. 그것은 지식과 계시의 길입니다. 나는 이 것을 선택했는데, 왜냐하면 그것은 그 순간에 올바른 선택이었기 때문이다. 내가 선택한 후, 나는 호수 의 둑에서 여자를 발견했다. 그녀는 나에게 손을 흔들었고, 나는 가까이 가서 점점 더 가까워지면서 나를 바다로 밀어 넣었다. 이 모임은 인간이 그 존재를 알지 못하는 지나간 시기에 여행을 시작했고, 그 에 대해 아는 사람이 거의 없는 수수께끼를 드러냈다. 계시와 함께, 내 감각은 어둠의 원시적 원인을 이해하기 위해 자극했다: 교만과 권력의 자리. 특히, 교만은 사람을 자동으로 충분하게 만듭니다. 자동으로 충분하다는 것은 더 이상 자신의 계획과 목표를 성취하고 자신의 운명의 주인인 주인을 소유하는 데 자신을 고려할 필요가 없다고 생각합니다. 이러한 특성 외에도, 자부심은 완전히 사람의 영혼을 오염 결국 죄의 시리즈를 시작합니다. 그 어두운 밤은 더욱 강해집니다.

—훌륭합니다. 나는 당신이 질문의 깊이를 정말로 이해할 수 있다는 것을 알았다. 그러나, 그것은 단지 시작, 영혼의 어두운 밤은 여전히 마스터하지 않는 더 많은 측면을 포괄한다는 것을 유의하십시오. 모든 상황에서 현명하고 지금까지 아무도 정말 마스터 외에 그것을 이해하지 것을 기억하십시오. 어쨌든 내가 들은 것은 당신이 걸어야 할 사람들의 두 번째 단계로 가는 것이 적합하다고 믿습니다.

—그리고 다음 도전은 어떻습니까? 다시 성공하기 위해 어떻게 행동해야 하는가?

—"회개의 심병"이라고 불리는 꼭대기에 있는 장소를 찾아야 합니다. 주의와 지혜로 행동한다면 다시 이기고 두 번째 추기경 죄에 대한 지식을 찾을 수 있습니다. 그러나 경고 : 만 완전히 순수한 마음은 심연 화재에 의해 도달되지 않습니다. 실패하면 여러분의 영혼이 돌이킬 수 없이 붙잡혀 아무도 당신을 구할 수 없다는 것을 알고 있습니다.

—여러분의 조언에 감사드리지만, 저는 제 자신을 믿습니다. 나는 내가 성공할 것이라고 완전히 확신하고, 따라서 나는 필요한 모든 위험을 실행하려고합니다.

— 우수합니다. 난 당신이 준비가 볼 수 있습니다. 지식을 찾아서 여러분의 결심을 존경합니다. 그러나, 나는 당신이 지불 할 가격이 있다는 것을 알려야하며, 아무것도 우연히 일어나지 않는다는 것을 알려야합니다. 당신이 모든 단계에서 성공하면, 어두운 밤의 신비는 당신의 경력에 많은 도움이 될 것입니다. 지금, 난 그냥 당신에게 행운을 기원하고 우리가 다시 만날 때까지.

가디언 여인은 마지막 작별 인사를 했고, 순식간에 연기로 내 시야에서 사라졌다고 말했습니다. 그 때부터, 침묵은 내 겸손한 오두막에서 통치하여 나를 펜스 분위기로 두었습니다. 이 새로운 도전을 극복하는 방법은 무엇입니까? 그것은 첫 번째보다 더 위험할 수있는 기회에 의해 수 있습니까? 이 곳은 정확히 회개의 심병이라고 불리는 것이 무엇이었는가? 대답이 없는 질문이 너무 많아서 어지러워요. 나는 아침 식사를 마치고 이 경우에 채택될 최선의 전략이 될 것을 분석하는 아침의 대부분을 보낼 것입니다. 결정 후, 나는 그 새로운 단계를 시작하기 전에 잠시 동안 휴식을 취할 것입니다.

탐욕

　　마지막으로, 오후가 시작되고 무더운 열은 상쾌한 잠에서 나를 깨워. 이 순간, 나는 내 포켓 시계를보고 도전 시간이 매우 가깝다는 것을 깨닫고 그것을 성취하려는 의도를 얻었다. 이를 염두에 두고, 나는 긴 걸음으로 오두막을 떠나 회개의 어두운 심연에 도달하는 가장 좋은 경로를 찾으려고 노력한다. 마지막으로, 나는 이미 서쪽과 북쪽을 통과했다. 이러한 옵션은 삭제할 수 있습니다. 좀 더 생각, 나는 결정, 남쪽 방향으로 이동하려면 이 시간. 정의된 방향은 계속 걷기 시작하고 그러한 도전을 극복하는 것을 고려하여 마음과 영혼을 깨끗하게 유지해야 했기 때문에 피할 수 없는 영향을 위해 정신적으로 준비하기 시작했습니다. 나는 그런 위험한 곳에서 정확히 무엇을 찾을 것인가? 글쎄, 나는 희미한 생각을 가지고 있지 않았다. 내가 확신한 유일한 것은 영혼의 어두운 밤의 엄청난 복잡성을 더 잘 이해하기 위해 필요한 지식을 흡수하기 위해 모든 노력을 기울일 것이라는 것이었습니다. 그리고 이것은 쉬운 일이 아니었습니다.

　　나는 선택한 방향으로 몇 시간 동안 걷는 것을 계속하지만, 나는 아직도 아무것도 찾을 수 없다. 내가 올바른 길에 있었다는 것이 좋을까요? 어쨌든 저는 인내심을 키워야 했습니다. 나는 경로에 보존하지만, 나는 휴식을 잠시 중지합니다. 나는 그 단단하고 건조한 땅에 앉을 수있는 기회를 가지고, 즉시 내 여주인, 보호자 숙녀의 조언을 기억 : 과거와 실제 의 것들. 그들 각각을 분석하면서, 나는 내가 정말로 올바른 길에 있다고 결론을 내렸고, 내 힘과 본능에 대한 자신감을 다시 불태웠다. 그래서, 나는 일어나서 표시된 방향으로 걷는 것을 계속합니다. 몇 걸음 후, 표지판이 나타납니다: 내가 찾고 있던 장소의 이름으로 내 오른쪽을 가리키는 화살표: "회개의 심연". 상품 뉴스의 영향은 어지러워, 나는 너무 쉽게 원하는 장소를 찾을 것으로 예상하지 않았기 때문에. 나는 화살표로 표시된 길을 즉시 따르기로 결정했다.

　　무슨 일이죠? 내가 속았다는 것이 될 수 있을까? 내가 오른쪽에있는 경로를 촬영하고 난 아직 아무것도 발견하지 않은 이후 시간의 좋은 거래는 이미 통과했다. 나는 정목적없이 걷고 몇 걸음 더 나는 공허함이 존재하는 것 같은 상단의 가장자리에 도달합니다. 다른 대안없이, 나는 앉아서 새로운 전략을 생각하기로 결정했다. 어떻게 새로 시작하는 방법? 그 순간 나는 잃어버린, 황량하고 버려진 느낌이 들기 때문에 전혀 전혀 몰랐다. 내 의지에 반하여, 과거에 배운 자제는 완전히 사라지고 불안과 두려움이 등장, 내 최근 진화에도 불구하고. 몇 분 동안, 나는 완전히 새로운 일이 일어날 때까지, 같은 위치에 남아 : 산지 흔들; 중력세력은 다시 방해를 받고, 순식간에 첫 도전의 여인이 다시 나타난다. 곧바로 그녀는 대화를 시작합니다.

—회개의 심병의 신비를 발견하고 싶습니까? 내가 다시 한 번 당신을 도울 수 있다는 것을 알고있다.

—어떻게? 나는 여기에 어떤 심비즘을 볼 수 없습니다.

—바보가 되지 마십시오. 필멸의 인간이 심연에 들어가기 위해 그는 먼저 상처를 입었습니다.

—죽는 뜻인가요? 이것은 의심의 여지가 없습니다, 나는 여전히 너무 젊고 내 앞에 인생을 가지고 있기 때문이다.

—그런 건 없습니다. 말 그대로 몸은 죽지 않을 것입니다. 오직 당신의 영혼만이 심연을 숙고하고 필요한 정보를 얻을 수 있도록 잠시 동안 그것을 떠날 것입니다. 당신은 지식을 원하지 않아? 그런 다음 가격을 지불하십시오.

—좋아. 필요한 작업을 수행합니다.

　　　이상한 여인은 부드럽게 누워 서 있었고, 떨리는 오한이 내 몸 전체에 왔다. 그 순간, 나는 내 마음속에 느꼈던 의심에도 불구하고 침착함을 유지하려고 노력한다. 신경 쓰지 않고, 여자는 의식을 시작하고 내 머리에 손을 넣습니다. 그 결과, 나는 온 몸에 에너지의 파도를 느끼고 천천히 나는 졸린 느낌. 몇 초 더, 나는 완전히 편안하고 충격으로 내 정신은 육체에서 분리됩니다. 몸을 떠나, 나는 한계없이 떠 다니기 시작했다. 생산 된 감각은 너무 좋아서 계속 살 가치가 있는지 자문해 봅니다. 나는 터널이 내 아래에 나타나고 치열하게 나를 빨아 때까지, 자유를 활용 좀 더 많은 시간을 머물. 저항할 수 없었던 나는 한동안 측정할 수 없는 깊은 구멍에 빠지고, 마지막에는 신비한 문이 있는 가운데 큰 방에 도달한다. 내가 도착하자마자 열리고 천사가 나와서 방어의 기회없이 나를 납치한다. 빠른 여행은 방에서 끝나는 일어난다. 나는 방에 들어가 이미 나를 기다리고있는 사람을 찾을 수 있습니다. 천사는 우리를 홀로 남겨두고 연민의 표정을 지으며 간청했습니다.

—저를 만지고 필요한 모든 것을 알게 될 것입니다.

동정심으로 가득 찬 저는 필사적으로 요청에 응하고, 그를 만지는 정확한 순간에 시력이 나타나기 시작하여 예리한 감각을 방해합니다. 내가 보는 특정 시점에서, 어둠, 태양, 조명과 조밀 한 연기 스크린. 조금씩 모든 것이 분명해지고 나는 각자의 이야기의 비전을 얻었다.

"라이언은 섬유 산업에서 매우 성공적인 사업가였으며, 크리스찬, 안드레, 마르타라는 세 명의 훌륭한 자녀와 결혼했습니다. 가족 관계는 정상이었지만, 그의 윤리적 측면은 모두를 기쁘게하지 않았다. 그 예는 상사로서의 타협하지 않는 태도, 인종 과 인종 소수민족에 대한 그의 극단적 인 편협, 거지와 거리 아이들에 대한 혐오스러운 행동입니다. 이 모든 폭발적인 기질로, 그가 어떤 날에 어떻게 행동했는지는 놀라운 일이 아닙니다. 이 때, 천사는 문을 두드리고, 그의 인생에서 끔찍한 상황을 설명하고 마침내 그의 큰 굶주림을 만족시키기 위해 음식이나 저녁 식사를 사기 위해 돈을 달라고 요청합니다. 이에 대해 라이언은 짜증을 내고, 어떤 식으로든 가난한 사람들의 아버지이며, 궁핍한 그 사람에게 친절한 말조차 없이 문을 강타한다고 말합니다. 천사는 부자들에게 반란을 일으킨다. 몇 년 후, 라이언은 여전히 같은 마음의 상태에 있으며, 어느 날 그는 심각하게 아프게하고 심지어 그의 모든 광대 한 자원과 싸우는 것은 너무 두려워 죽음을 피할 수 없습니다. 영적 세계에 도착했을 때, 그는 심판을 받고 방어의 가능성없이 그는 그의 어두운 밤에 의해 돌이킬 수없는 비난된다. 희망없이, 그는 그가 인생에서 저지른 실수에 대해 밤낮으로 (쉬지 않고) 고통을 겪을 심연으로 내려와 천사가 하늘에 위로를 받았다.

각각의 시현이 끝나고 즉시 내 몸은 필요한 지식으로 가득 차 있습니다. 내가 준비가되면, 그 사람은 작별 인사를하고 나에게 호의를 구걸 : 나는 당신이 내 이야기를 세상에 전파하고 싶습니다, 나는 내 아이들이 내가 있는 고통의 장소에 와서 싶지 않기 때문에. 나는 준수하고 마침내 그가 떠날 것을 약속한다. 천사는 방에 다시 나타나 두 번째로 나를 납치. 우리는 빨리 여행하고 그는 문 근처 방에 나를 떠난다. 동시에 힘이 나를 위로 밀어 내고 내가 둥글게 올 때, 나는 오로루바 산 꼭대기에서 내 몸으로 돌아왔다.

도전에 대한 반성

나는 일어나려고 노력하지만, 내가 이전에 만든 초인적 인 노력은 그렇게하지 못하게. 호기심이 가득한 저는 도전과제에 도움이 되었지만, 그녀의 흔적을 찾을 수 없는 이상한 여자를 둘러봅니다. 그녀가 정확히 누구일까요? 그녀는 어떤 힘을 가지고 있었는가? 제가 확신했던 유일한 것은 그녀가 그러한 힘든 지식을 찾는 데 도움을 주도록 돕는 목적으로 훌륭한 운명의 도구임을 보여주었다는 것입니다. 잠시 후, 나는 여자에 대해 순간적으로 잊고 두 번째로 일어나려고노력한다. 몸은 저항하려고하지만, 약간의 여분의 노력으로 나는 마침내 그것을 관리. 일어서서, 나는 더 잘 생각하고 심비

즘에서 드러난 지식을 완전히 동화할 수 있었다. 준비가 되었다고 느낄 때, 나는 임시 처지를 향해 돌아가기 시작했다. 반쪽, 슬픈 이야기의 그림자가 나를 혼란스럽게하기 시작하고 나는 차가운 사건을 분석하기로 결정했다. 라이언은 부유한 사람들이 구원에 관한 한 심각한 위험을 감수하는 가장 적절한 모범이었습니다. 부와 권력이 그들에게 위안을 주고 있기 때문입니다. *상태*사회적 대의로부터 책임과 분리가 필요합니다. 또 다른 예는 성경에서 가난한 라자루스의 부자들의 탐욕과 비인도적인 조건을 보여줍니다. 그 결말은 라이언과 천사의 이야기와 동일합니다. 나는 두 사건을 함께 분석하고 탐욕이 영혼의 강력한 가려움증이라는 결론을 내린다. 문자는 변화, 상황은 다르다, 하지만 탐욕을 육성하는 사람들을 위해 같은 비극적 인 끝이 발생 : 어두운 밤은 외부 어둠 속에서 멸망하는 또 다른 피해자를 비난. 그 위대한 현실을 어떻게 바꾸는가? 대답은 우리가 상상하는 것보다 쉬울 수 있습니다. 진화의 길, 아버지를 향한 길을 따르는 것은 전부입니다. 거절과 어려운 선택이 필요하며, 기꺼이 할 수 있는 사람은 거의 없습니다.

　　예수 그리스도, 프랜시스 아시스, 마틴 루터 킹, 캘커타 테레세, 덜스 자매, 프란시스코 자비에르 등 역사가 우리에게 준 좋은 모범을 따랐다면 세상이 훨씬 더 좋을 것이라고 생각합니다. 물론, 어두운 밤은 우리에게 더 이상 영향을 미치지 않을 것입니다. 글쎄, 그것은 단지 꿈일 뿐입니다. 현실은 완전히 다릅니다. 대부분 사람들은 물질주의적이고 이기적이며 허세로 가득 찬 것으로 나타났습니다. 비관적인 것처럼 보일 지 모르지만, 제 생각에세상 세계는 어두운 밤의 제국 아래에서 계속될 것이고, 그것을 완전히 이해하려면 새로운 도전을 수행하고 내가 의심하는 모험을 성취해야 할 것입니다. 단계 중, 나는 이미 두 가지를 달성했다. 지식을 찾기 위해 독자와 함께 계속 해 봅시다. 나는 그런 주의를 기울여 지은 오두막에 접근했다. 나를 기다리는 것은 수호 아가씨입니다. 나는 그녀의 편에 서서 대화를 시작합니다.

—축하합니다, 네가 한 장에 있는 것을 보시겠어요. 오늘 오후에 경

험에 대해 이야기 해 주시겠습니까? 당신은 무엇을 배웠는가?

—처음에는 남쪽에서 시작하기로 결정하였고, 이미 서쪽과 북쪽을 통과했기 때문에. 나는 나를 지시 할 수있는 몇 가지 징후를 찾을 수 있을 때까지, 그 방향으로, 오랜 시간 동안 걸었다. 감독이 끝나자, 나는 강렬하게 걷고 있었고, 언젠가 나는 이전 도전에서 같은 여자와 마주쳤고, 그 때 나는 즉시 내 목적지, 회개의 심연을 찾는 데 도움이되었다. 나는 앞으로 가서 내가 필요한 지점에 정확히 도착, 나는 두 번째 추기경 죄의 계시와 연락을 얻었다: 탐욕.. 내가 받은 이야기는 내가이 죄의 연장을 이해하는 데 도움이, 그것을 따라 마침내 몇 가지 결론을했다 모든 사람들의 진정한 운명 : 아바리스는 영혼의 어두운 밤이 충실하게 납치하는 열쇠입니다. 그것은 인간의 마음과 감각에 자신을 롯지, 개인의 각각의 진화를 방해. 게다가 무관심, 이기심, 편협과 같은 이차적인 악을 일으킨다. 이 노출, 우리는 결과가 치명적이고 여러 번 비난으로 이어질 결론을 내릴 수 있습니다. 이런 종류의 죄에 대항하기 위한 대안은 영혼을 되살리고 진화의 길을 열어주는 이타주의가 될 것이다.

—아주 잘. 내가 보고 들은 것을 마친 후, 두 단계가 이미 극복되었기 때문에 어두운 밤의 의미와 확장을 이해하기 가 더 가까워졌다는 결론에 도달합니다.

—그리고 지금? 다음 단계는 무엇입니까?

—다음 단계는 내일 실현되고 인간의 가장 큰 약점 중 하나인 정욕을 다룰 것입니다. 이것은 내가 더 이상 도울 수 없기 때문에 내 감독하에 마지막 사람이 될 것입니다. 다음 단계에서는 이미 6개월 동안 산에서 살았던 힌두교인의 도움을 받게 될 것입니다. 휴식: 그는 마지막 네 가지 추기경 죄에 대한 전문가입니다.

—그게 내 아가씨가 나를 버려두겠다는 뜻인가? 그렇게 하지 마십시오. 기억나지 않습니까? 우리는 마지막 모험 이후 지식을 찾기 위해 함께 했습니다.

—개인적으로 결정을 내리지 마십시오. 그렇지 않습니다. 당신은 내가 가지고 있다고 생각하는 모든 지식을 가지고 있지 않다는 것을 알아야한다. 나를 위해, 어두운 밤은 복잡하고 해독 할 수없는 주제가되었다. 당신이 발전하기 위해서는 새로운 가치와 가르침이 필요하며, 나는 얻지 못했거나 대다수도 얻지 못했습니다. 이 것과 훨씬 더 우리는이 순간에 분할해야하며, 더 진화 할 때, 우리는 다시 서로를 볼 수 없습니다 경우 누가 알고있다.

—어쨌든, 모든 것에 감사드립니다. 그것은 당신의 조언을위한 아니었다면 나는 진행되지 않았을 것이다. 지금부터 저는 영혼의 어두운 밤의 장막을 들어 올리기 위해 더 큰 노력을 기울일 것을 약속합니다. 물론 가능한 모든 것.

—아직 저에게 감사하지 마십시오, 왜냐하면 우리는 여전히 이 모험에서 다른 시간을 만날 것이기 때문이다. 다음 기회에, 나는 당신에게 나의 마지막 권고를 줄 것이다.

—이해합니다. 마지막 질문 중 하나. 당신의 숙녀는 내가 공개 할 지식의 가치가 있다고 믿는가?

—내가 너희를 아는 작은 것; 너는. 당신이 가장 큰 목표, 그렇게 열렬한 지식을 달성 할 때, 당신은 수세기 동안 숨겨진 진리에 마음을 열 수있는 힘을 갖게됩니다. 거기에서 당신은 각각의 답변을해야합니다.

—그리고 그곳에서 저는 제가 좋아하는 것을 위해 일하고 행복을 누릴 수 있어서 기쁩니다. 얼마나 멋진. 나는이 순간이 너무 오래 걸리지 않기를 바랍니다. 더 많은 권장 사항은 무엇입니까?

—아니요. 당분간 더 이상 아무것도. 지금, 나는 가야한다, 그것은 늦게 지고 있기 때문에. 다음 도전에서 행운을 빕니다!

그 말은, 수호 여인은 사라졌다. 홀로 남겨졌고, 불안과 집착으로 가득 찼다. 내가 그렇게 위험한 길에서 계속 발전할 것인가? 이 새로운 주인인 힌두교는 정확히 누구였을까요? 즉각적인 대답 없이 이 질문은 내 마음을 괴롭히고 나는 한 번 더 도전을 성취하려 고 했다.

정욕

시간은 급속히 지나고 새로운 날이 밝아집니다. 그 도착은 준비되지 않은 몽상가에게 새롭고 불안한 선입견을 제공합니다. 나는 나 자신에게 물어 : 육체의 죄가 내 순결에 영향을 미치는 지점에 너무 위험 할 수 있습니까? 조금 더 생각, 나는 위험을 계속하기로 결정, 그것은 나에게 심각한 결과를 초래할 수 있더라도. 그 새로운 결정의 힘으로, 나는 일어나서 목욕을 오두막의 즉석 욕실에 이동합니다. 가는 길에, 나는 여가의 그 순간을 즐기기 위해 평화에 내 마음을 넣어하려고합니다. 나는 들어가서 문을 닫고 옷을 벗고 전날 밤 준비했던 차가운 물 통을 집어 들고 다닌다. 나는 목욕을 시작하고 내가 있는 신성한 장소에 대해 반영하기 시작, 차가운 물의 첫 번째 양을 던졌다. 나는 산과 내 인생에서 그 중요성에 대해 조금 생각합니다. 나는 그것이 기후, 내가 속한 역사, 도전, 숨겨진 신비, 심지어 동굴 자체에 대해 정말로 신성했다는 결론을 내렸다. 나는 결론을 계속하고 공통 분모에 도착 : 아무도 그가 완벽까지 진화하지 않는 한, 그것을 완전히 알 수 없습니다. 그 안에는 내 반대 세력을 찾을 수 있었고, 시세가 됨으로써 그 세력을 통제할 수 있었다. 지금, 나는 우리 모두가 통과하는 어두운 밤에 대한 지식과 이해를 찾고 있었다. 그 길에서 나는 두 단계를 성취했다. 하지만 아직도 일곱 명이 더 있었고, 예기치 않은, 나는 생각할 시간이 없었다.

나는 목욕에 집중하고 잠시 동안, 선입견을 잊어 하려고합니다. 전략은 좋은, 나는 의식과 함께 계속, 비누에 넣어, 몸에 더 많은 물을 던져 모든 불순물을 멀리하기 위해 노력한다. 완전히 깨끗하다고 느낄 때, 나는 수건을 들고, 몸을 말리고, 깨끗한 옷을 입었다. 나는 화장실을 떠나 내 아침 식사를 만들기 위해 부엌으로 이동합니다. 내가 거기에 도착하면, 나는 숲에 있어 식욕을 돋우는 치킨 계란을 튀기 시작합니다. 나는 내 음식을 만드는 데 시간을 보내고 준비가되면 즉시 먹는다. 나는 잠시 앉아서 기회를 가지고, 내가 그렇게 할 때, 나는 가정, 어머니와 내 좋은 삶을 갈망. 이 모든 일은 좋은 아침 식사와 가족의 따뜻함을 가지고 하는 데 사용되었다. 또 다른 순간이 가서 나는 내 고개를 흔들었다 : 그들은 내 경력과 내 꿈에서 나를 지원하는 경우이 모든 것이 훨씬 쉬울 것이다. 나는 확실히 싸움을 계속하고 시세가 동굴에 의해 변환으로 더 자신을 긍정하는 또 다른 이유가있을 것이다. 그러나 나는 그 생각을 외면, 그들은 단지 지금 나를 다치게하기 때문에. 그런 다음 다음 도전에 대한 전략을 계획합니다.

모든 세트로, 나는 오두막에서 나가서 동쪽 방향을 취합니다, 나는 아직 그런 식으로 가지 않았기 때문에. 그 길의 시작은 서두르지 않고 관습적인 방식으로 이루어지는데, 이는 아직도 정신적으로 다가올 영향에 대비해야 했기 때문에. 이 순간, 이전의 도전은 추기경의 죄가 내가 상상했던 것보다 강하다는 것을 증명했기 때문에 조심해야합니다. 아마 이 세 번째 단계도 다르지 않을 것입니다. 그 죄에 의해 강화, 나는 어두운 밤, 이 경우, 비난 할 수있는 힘을 가질 것이라는 결론에 도달. 어떻게 다음 안전? 그것이 제가 찾고 있는 대답입니다. 내 개인적인 진화의 모든 단계를 통과 한 후, 나는 확실히 존경의 위치를해야합니다. 그 동안, 나는 현재의 도전을 돌봐야 할 것이다. 더 이상 집착하지 않고, 나는 계속한다.

또한, 내 시야분야에서는 매춘부복을 입은 세 명의 청소년이 나타난다. 아직 멀리 떨어져 있지만 나는 그들이 매우 아름답고 매혹적인 것을 깨달았다. 그들이 내 존재를 알게되면, 그들은 나에게 손을 흔들고 나는 더 조사하기로 결정했다. 가까이 다가오면서 어두운 밤이 격화되고 그 충격이 얼어붙습니다. 다음 순간, 그들은 자신을 소개하고 그들을 동반하도록 초대했다. 많은 생각을 하지 않고, 나는 받아들이기로 결정하고 우리는 걷기를 계속합니다. 반쯤 그들은 나를 둘러싸고 어둠의 원을 형성했다. 이 정확한 순간에, 어두운 밤은 내 마음을 납치하고 나는 나를 고통을 만든 경험을 기억하도록 강요된다. 고민에 빠진 나는 원에서 벗어나려고 노력하지만, 준비되고 진화된 선견자인 저에게도 너무 강하다.

언젠가, 문의 순서가 내 앞에 열리고, 나는 매춘부에 의해 그들 중 하나에 밀려. 몇 초 만에 제 마음과 몸은 육체의 즐거움을 누리는 터널을 통과합니다. 그런 경험을 할 때, 저는 성스러운 것이 순수한 야만적인 행위가 되기 때문에 이미지로 떨고 있습니다. 너무 많은 고통을 하지 않기 위해, 나는 눈을 감고 있지만, 그럼에도 불구하고 나는 여전히 불안하다. 시간이 지남에 따라, 원이 조여지고 터널을 통해 여행하면 누군가가 이미 나를 기다리고 있는 큰 방에 도착하게 됩니다. 나는 내가 보고 들었던 모든 것이 끝난 후에도 마음과 영혼을 정화하려고 정신적으로 집중했고, 원이 스냅된다. 따라서 어두운 밤은 잠시 동안 사라지며 나는 더 안심 느낀다. 나는 그 때 방에 있는 사람에게 다가가 그를 만지기로 결심했고, 계시와 시현이 다시 나타난다.

"필립은 고위 공직자이며, 그의 일의 결과로 그는 그의 아내 캐서린과 그의 두 아들, 루크와 조셉과 함께 안정적인 삶을 이끌고 있습니다. 가정 생활에서 필립은 매우 다정하고 책임감이 있습니다. 그러나, 그의 성격에 대해, 그는 어떤 경우에는 불균형 방식으로 행동하기 때문에, 그렇게 완벽하지 않습니다. 예를 들어, 그는 파티를 좋아, 전 대학 동료의 회사에서 시간의 대부분과 이러한 경우에, 감각을 왜곡하고 항상 존재하는 일부 여성과 친절하기 위해 많이 마시는 이점을 활용. 첫 번째 배신으로 이어지는 것은 바로 이 길이었다. 처음에 그는 신중했고 의심을 불러 일으킨 적이 있었습니다. 그러나 시간이 지남에 따라, 그는 자신의 태도가 남자에 대한 정상이며 더 이상 재량에 대해 걱정하지 않는다고 자신을 확신했다. 어느 날, 피할 수 없는 일이 발생 : 그의 아내는 자신의 불륜에 대해 발견하고 완전히 그녀의 남편에 환멸했다. 그녀는 자신이 올바른 사람과 결혼했으며 부부 사랑이 영원히 지속되었다고 믿었습니다. 화가 난 그녀는 남편과 싸우지만 아들의 사랑이 더 커기 때문에 분리되지 않았습니다. 그는 더 이상 배신의 길에 따라 잡힐 염려하지 않습니다. 시간이 지남에 따라 상황이 바뀌지 않으며 그를 죽이는 심각한 질병을 일으킵니다. 그는 심판을 받고 어두운 밤은 아내의 고통을 이용해 그를 비난한다. 그는 어둠이 창고에 대해 주장하는 하나 더이며 이것은 확실히 모든 변태의 끝입니다.

시현이 끝나고, 그 남자는 작별인사를 하며, 제가 그의 이야기를 전 세계에 전파할 것을 권고합니다. 나는 동의하고, 강한 바람이 터널을 향해 나를 운반한다. 몇 초 만에 나는 산 꼭대기로 돌아왔고, 세 번째 추기경 죄에 대한 지식에 의해 바뀌었다. 이제 모든 마음을 무서워하는 어두운 밤을 완전히 이해하기 위해 여섯 단계가 남았습니다.

객실로 돌아가기

세 번째 도전이 끝난 후, 나는 정신적, 육체적으로 지쳤다. 나는 휴식을 취하기 위해 즉시 오두막으로 돌아가기로 결정했다. 그 점을 염두에 두고, 나는 첫 걸음을 내딛었고, 내 선입견은 다음 도전과 내가 아직 모르는 힌두교의 신비하고 시크릿 인물로 바뀝니다. 내가 그의 지식을 동화 할 수 있었다 수 있을까? 네 번째 도전은 이전 도전보다 더 위험할 수 있을까요? 글쎄, 나는 그 사람을 만날 때 그 질문에 대한 답을 찾으려고 노력할 것입니다. 그 동안, 나는 세 가지 과거의 도전에 대해 얻은 지식을 완전히 동화해야한다. 걷는 속도는 강렬하고 나는 이미 돌아오는 길의 3 분의 1을 덮었다. 그 순간 나는 누구였는가? 알 수없는 운명을 찾기 위해 산을 등반 한 단순한 몽상가뿐만 아니라 지식, 어두운 밤의 측면에 대한 완전한 통제 및 이해, 사람을 구하거나 비난 할 수있는 같은 어두운 밤. 그

측면은 선견자와 사람으로 내 형성에 필수적이었다. 그런 다음에야 나는 많은 마음을 꿈꾸는 것을 목표로 수세기 동안 숨겨진 신비와 진리를 찾기 위해 제 커리어를 추구할 수 있었습니다. 꿈이 없는 삶은 무엇인가? 의미나 영혼이 없는 큰 공허함. 따라서, 그런 열렬한 지식을 찾기 위해 나의 새로운 태도.

조금 더 걷고 나는 이미 절반 이상의 거리를 덮었다. 이 순간 나는 매우 피곤하지만, 잊고 산책을 계속하려고합니다. 어쨌든, 나는 동굴에서 사람이 존엄성을 보여 주면 오직 위엄이 있다는 것을 배웠고, 여기에는 인내, 노력, 헌신이 포함됩니다. 이것은 내가 운명을 충족하기 위해 길을 육성하려고 했던 바로 그 것이었고, 나는 그렇게 필요한 진화에 도달하고 싶었다하더라도, 내가 실행해야합니다. 이것은 내 경력에서 필수적이었기 때문에 모든 연령대의 마음을 계속 매료시킬 수 있었습니다. 그것은 그들을 위해 그리고 나를 선물 한 멋진 우주에 대한, 그것은 다시 한 번 산에 위험을 감수했다. 나는 이미 어두운 밤의 기원과 두 가지 더 중요한 측면을 발견했기 때문에 여행은 가치가있다. 마지막 계시에 6단계가 더 필요했다. 나는 이 피곤한 모험에서 쉬는 임시 천장에 가까워졌다. 나는 바로 내 방식으로 나를 너무 많은 도움이 된 보호자 여성의 존재를 느낀다. 내가 가까이 갈 때, 그녀는 대화를 시작합니다 :

—그래서 여러분은 세 번째 도전을 성취했습니다. 축! 지금, 당신의 경험과 결론에 대해 말해. 나는 당신이 영혼의 어두운 밤의 복잡한 경로에 더 갈 준비가되어 있는지 확인하고 싶습니다.

—다른 어떤 것보다도, 제 대의에 대한 여러분의 도움과 헌신에 감사드립니다. 당신의 조언없이, 나는 확실히 내가 우연히 만난 모든 역경을 극복 할 수 없을 것입니다. 지금부터 내 승리는 당신의 승리가 될 것이라는 점을 이해하십시오. 영혼의 어두운 밤의 측면에 대해 나는 교만은 그 어두운 밤의 기원임을 배웠다. 그것은 개인이 진화하고 아버지에 도달하는 가장 적절한 경로를 볼 수 없습니다. 게다가, 이 죄에 속고, 자급자족하고, 그들의 행위로 인해 선교 사업

에 도움이 될 수 있는 빛의 세력과의 모든 접촉을 잃게 된다. 이 죄를 잘 분석하면서, 겸손은 겸손만이 승리할 수 있는 유일한 해독제라는 결론을 내렸습니다. 제2추기경의 죄인 변종과 마찬가지로, 나는 그것이 인간의 마음을 다른 사람들의 고통과 문제로 닫히는 것이라고 결론을 내릴 수 있었다. 우리는 부, 권력, 사회적 분열이 영원하지 않다는 것을 이해해야 합니다. 물질적 자산만 존재하며, 원하는 진화에 도달하는 수단으로 작용해야 합니다. 어떻게 이런 일이 일어날까요? 기부, 자선 및 분리를 통해. 이 죄에 대해 조금 더 생각하면서, 나는 변덕스러운 사람이 결코 진화하지 않을 것이며 아마도 어두운 밤을 추구함으로써 비난받을 것이라고 결론을 내렸다. 욕망은 도덕측면과 인간의 존엄성에 영향을 미친다. 현재 는 감정과 사람의 마음을 왜곡하는 신성한 사소한, 그것은 불순한 만들기. 그와 함께 우리의 복지만을 원하는 거룩한 아버지와의 접촉은 손실됩니다. 상황을 분석하면서, 욕망을 포함한 육체의 죄가 인간의 본능을 통제하기 때문에 가장 위험한 죄라고 말할 수 있습니다. 우리는 참으로 우리의 영적이고 합리적인 면을 우리의 동물 쪽을 지배해야 합니다. 욕정은 사람이 잘못에 지속하는 경우, 비난 할 수있다.

—흥미롭습니다. 나는 당신이 더 진화의 능력을 가지고 있다고 생각하지만, 당분간은 충분하다. 당신은 다음 도전, 힌두교와의 회의로 진행할 수 있습니다. 그는 마지막 네 가지 추기경 죄를 전문으로, 해외에서 오는 현명한 사람입니다. 당신이 그와 함께 성공하면, 당신은 세 번째 도전을 향해, 더 갈 수 있습니다.

—글쎄, 나는이 힌두교의 도움을받는 것에 대해 너무 확실하지 않다. 그는 신뢰할 수 있습니까?

— 의심한다면, 그것은 당신이 아직 준비가 되지 않았다는 것을 의미합니다. 그러나 당신이 정말로 지식을 원한다면 당신은 선택의 여지가 없습니다. 내 부분은 완료, 지금 당신과 당신의 새로운 주인입니다.

—나는 그를 어디서 찾을 수 있는가?

—그는 바로 여기, 산, 북서쪽, 작은 수액 집에 살고 있다. 당신이 그를 볼 때, 당신이 산의 정신에 의해 전송 된 그에게. 그분은 즉시 여러분에 참석할 것입니다.

—모든 수호 여인주셔서 감사합니다. 나는 너를 결코 잊지 않을 것이다.

—걱정하지 마세요. 우리는 여전히 당신이 나와 내 조언을 필요로 할 거야 서로를 볼 수 있습니다. 하나님의 아들인 여러분의 길에서 행운을 빕니다.

갑자기, 보호자 여성은 흔적없이 사라집니다. 그녀는 정확히 누구였는가? 그녀와 함께 시간을 보냈음에도 불구하고 오늘까지 나는 모른다. 그 순간 제가 확신했던 유일한 것은 그녀가 산과 세상의 신비의 일부였고, 잊혀지지 않을 자격이 있는 사람이었다는 것입니다. 그녀가 떠난 후, 나는 조금 쉬었고, 나는 신비한 힌두교와의 만남을 준비하기 시작했다.

힌두교를 만나다

지나가는 단계는 나를 행복하게 하지만 동시에 걱정했다. 나는 아직도 어떤 어려움과 위험에 직면해야 했는가? 힌두교는 어떤 방법을 채택할 것인가? 그건 내 마음을 차지하는 질문 중 일부였다. 나는 내 사건에 대해 생각했다. 나는 나의 준비와 내가 그를 알기 전에 누군가를 판단하지 않을 것이라는 사실을 재확인한다. 그 발견으로, 나는 자신을 더 잘 보고 과거에 얻은 지식이 마침내 새로운 주인을 마주할 것이라는 확신을 주기 시작했다. 저는 용기로 가득

차 있으며, 제 완전한 진화와 세심자로서, 그리고 한 사람으로서 저를 분리하는 여섯 가지 어려움을 세습니다. 어두운 밤이 가까워지고 있습니다.

몇 초 가 더 사라, 나는 내 내면에 집중, 숨을 들이마시고 깊이 내쉬고, 마침내 결정을 내린다: 시간이 힌두교를 만나게 되었습니다. 저는 성취해야 할 사명을 가졌습니다. 희망은 회복되었다. 나는 보호자 가가 지적한 곳으로 첫 걸음을 내디뎠다. 이 순간, 미지의 것에 대한 불안과 두려움의 느낌은 내가 세상에서 가장 위험한 동굴에 의해 준비 된 선견자라는 사실에도 불구하고 내 모든 존재를 채웁니다. 이 사람은 그런 반응을 일으킨 사람은 누구였는가? 분명히 평범한 사람이 아니었습니다. 그가 지난 네 번의 추기경 죄의 신비를 지배한다는 사실은 그를 더욱 자격을 갖추게 합니다. 그런 남자와 함께 살 수 있는 특권이 될 것이고, 심지어 짧은 시간 동안도 저는 이의를 이대합니다. 나중에, 나는 더 편안하고 더 빨리 걸을 수 있습니다, 호기심이 증가하고 있기 때문에. 나는 산책을 계속하고 중간 단계에 도달한다. 내 반대 세력은 그들이 혼란에 있다는 신호를 보내며 그들을 통제하기 위해 노력합니다. 모든 슬립업은 치명적입니다. 내 빠른 산책은 인간의 상태에 대한 답을 검색, 먼 시간과 공간을 통해 내 마음을 궁금해합니다. 과거의 모험, 그림자, 진화, 심지어 사회 구조는 부활 한 주제 중 일부입니다. 첫 번째 항목을 분석, 나는 내 운명과 내 꿈을 찾고 산에 등반 마지막 시간을 아주 잘 기억한다. 각 길에서 나는 가파른 산을 오르고 정상에 도달할 수 있었다. 그곳에서 저는 수호 여인, 유령, 청소년, 어린 소년, 그리고 그들의 지인들을 만났고, 그 어려움과 함께 제가 원했던 것보다 더 많은 확신을 주었습니다. 몇 가지 장애물을 극복 한 후, 마침내 나는 동굴에 들어갔고, 성공을 거두었으며 궁극적으로 는 가장 심오한 신비를 풀어 내고 시간과 공간에서 기적을 만들 수 있는 강력한 선자가되었습니다. 그 모든 속성으로, 나는 반대 세력을 수집 할 수 있었다, 그러나 이것은 내 진화의 첫 번째 단계였다. 내 도전은 내가 상상했던 것보다 훨씬 컸다. 어려움 가운데, 내 자신의 힘과 갈망을 제어하고 깊이 내가 최근에 살았던 어두운 밤을 이해하는 것이었습니다. 내 인생의 그 어두운 부분은 여전히 나를 걱정하고 나는 사람들이 겪는 다양한 어두운 밤을 이해할 수 없을 것이다 그것을 극복하지 못했다. 이 모든 단어는 말씀될 수 있습니다: 진화. 선견자로 진화하고 미래에 대한 사람으로서 분노없이, 고통없이 두려움없이 아버지의 길에 도착해야합니다. 의인가운데 있는 것이 저의 주요 목표였습니다. 그러나 저는 저 자신에 대해서만 생각할 수 없었고, 부당하고 변덕스러운 사회에서 매일 싸우는 다른 동지들을 잊을 수 없었습니다. 자본주의와 엘리트들이 부과한 모든 어려움에도 불구하고 그들이 진화할 수 있도록 대안을 찾아야 합니다. 글쎄, 그것은 다른 책의 주제입니다. 이제 나는 어두운 밤을 이해하고 극복에 완전히 집중해야한다. 나는 길을 걷고 있었고 잠시 후 작은 수액 집을 볼 수 있습니다. 이 순간 내 마음은 떨어져 가서 전체 명상에 중지. 나중에, 나는 충격에서 회복하고 표시된 방향으로 다시 걸을 수 있습니다. 문 근처에서 나는 박수를 쳤다. 즉시 나는 60 세, 무두질한 피부, 잘 정의 된 몸, 출신의 나라에서 전형적인 옷을 입고, 얇은 남자에 의해 만났다. 그는 대화를 시작한다.

— 당신은 누구인가? 무엇을 원하세요? 이바, 나는 편안한 잠을 자고 있었다.

—너를 방해해 드려 죄송하지만, 나는 극단적 인 필요성을 위해 이곳에 왔다. 나는 산의 정신에 의해 보내졌고, 내 목표는 영혼의 어두운 밤에 대해 더 잘 이해하고 따라서 내가 시작 쓰기 경력에서 발전할 수 있도록 필요한 지식을 얻는 것입니다.

— 당신은 동굴과 그 불에 직면 유명한 사람입니다. 수호 여인은 이미 당신의 사건에 대해 나에게 이야기했다. 와서, 우리가 서로를 더 잘 알 수 있도록 내 겸손한 처제에 와서.

나는 그의 권유를 곧바로 받아들이고 나는 그와 함께 간다. 그의 처제에 들어서면, 나는 나를 더 편안하게 만드는 장소에서 방출되는 좋은 분위기를 느낀다. 내가 들어갈 때, 나는 세부 사항을 관찰 할 수있는 기회를 가지고 침대, 가슴, 테이블과 의자와 이상한 사진을 참조하십시오. 그는 다시 이야기하기 시작했다. 여기에 앉아서 (의자를 밀어) 당신의 포부와 검색에 대해 말해.

—제 이름은 알디반, 선견자, 또는 하나님의 아들입니다. 모든 것이 약 1 년 전에 시작, 일상과 동일의 피곤 할 때, 나는 내 거의 불가능한 꿈을 실현하기 위해 필사적 인 시도를하기로 결정했다. 이 시도는 세상이 끝날 때 산을 오르는 것이었는데, 이는 신성하다고 약속했습니다. 내가 그 자리에 도착했을 때, 나는 많은 어려움과 장애물을 통해 가는 올라갔지만, 마침내 나는 정상에 도달했다. 그곳에서 저는 자신을 산의 수호 여인이라고 부르는 이상한 여인을 만났고, 그녀는 저를 도와주겠다고 약속했습니다. 이런 식으로 저는 어려움을 성취했고, 승인을 받은 덕분에, 저는 인간의 가장 심오한 욕망을 실현할 수 있는 초신성동굴에 들어갈 권리를 얻었습니다. 그 결과를 생각하지 않고, 나는 그것을 입력, 나는 함정에 직면하고 나는 내가 선자가된 비밀 챔버, 시간과 공간에서 기적을 만들 수있는 진화 장소에 마침내 도착했다. 그 후, 나는 다음 성공을 통해 시간을 통해 실제 여행을 할 수 있었다. 그런 다음 상대 세력을 통제하고 모을 수 있었습니다. 이 모든 것은 연속 진화의 경로의 첫 번째 단계를 나타냈다. 이제 나는 복잡한 주제의 신비, 영혼의 어두운 밤을 이해하는 두 번째 단계를 달성하고 싶습니다. 그런 이유로, 나는 돌아왔고, 나는 당신이이 경로에 어떤 식으로든 나를 도울 수 있다고 확신합니다.

—당신의 이야기는 매우 흥미롭습니다. 그러나 어두운 밤은 예측할 수 없으며 위험으로 가득 차 있음을 경고해야 합니다. 많은 필사자가 이미 어두운 밤을 깊이 이해하고 싶었다는 것을 이해한다. 그러나, 그들 모두는 어떤 순간에 실패하고 가장 높은 가격을 지불 결국. 계속 하시겠습니까?

—나는 위험을 알고 있지만, 어두운 밤 악마를 제거 할 수없는 경

우, 나는 평화를 가지고 있지 않습니다 그리고 나는 아마도 공개 할 수있는 다양한 어두운 밤을 공정하게 분석 할 수 없습니다. 계속하려면 절대적으로 필요합니다. 다음 장애물을 극복하기 위해 어떻게 해야 합니까?

—첫째, 여러분은 이 작은 집으로 이사해야 하는데, 왜냐하면 여러분의 모든 약점과 두려움을 알고 있기를 원하기 때문이다. 당신이 그들을 제어 할 수없는 경우, 그들은 당신을 파괴 할 수 있습니다. 다음 세 단계에 대 한 우리는 당신의 명상과 astral 여행을 완벽 하게 거 야. 자제와 함께 그 지식으로, 당신은 삶의 함정을 정복할 것입니다.

—그런 다음 저는 개인적인 영향을 가져오기 위해 다시 오두막으로 돌아가야 합니다.

—우리가 시간이 부족하기 때문에 바로 가라. 산에서 세 단계를 더 거쳐야 합니다.

나는 힌두교에 작별 인사를하고 다시 가기 시작합니다.

완성

걷기의 시작은 힌두교와의 첫 만남을 반영하고 분석하게 했습니다. 나는 그가 신비한 것 외에 눈에 띄는 인물을 가지고 있음을 관찰했다. 게다가 그는 저를 돕고 싶어했고, 그것이 가장 중요했습니다. 어둠의 길을 걷기 위해서는 경험이 많은 누군가의 도움이 필요합니다. 그의 진정한 목표는 무엇일까요? 나는 몰랐지만, 그들은 내 것과 비슷할 수 있었다. 그리고 모든 것이 잘 된다면 진화를 찾기 위해 우리의 길은 강화될 수 있습니다. 진화는 내 경력의 시작 부분에 엄격하게 필요. 그 후에야 나는 내가 찾고 있던 마지막 계시의 사실을 공정하게 분석하기 쉽다.

이전 모험에서, 나는 이미 상대 세력을 제어하고 수집 할 수 있었다. 현재의 모험과 관련하여, 기본 목적은 우리가 통과해야 하는 어두운 밤, 단계를 완전히 이해하는 것이었습니다. 이 길에서 나는 수호자 여인의 도움으로 세 단계를 성취했고, 나는 새로운 주인인 힌두교와 함께 무대에 직면 할 준비가되었다고 느꼈다. 그와 함께 나는 그런 열렬한 지식에 대해 충분히 높은 대가를 지불해야하더라도 모든 위험을 극복하기를 바랐다.

잠시 동안 나는 나의 걱정, 두려움과 의심에 대해 조금 잊고, 걷기와 힌두교 앞에서내 행동에 더 집중했다. 조금 반성한 후, 나는 그런 느낌이 들지 않더라도 확신과 평온함을 보여줘야 한다고 느낀다. 결국, 그는 제자들과 함께 선미적이고 권위주의적인 주인인 것 같았다. 글쎄, 정말 중요한 것은 그의 방법이 효율적이었기 때문에 마지막 네 가지 추기경죄를 통제할 수 있는 유일한 사람이었기 때문입니다. 그가 어떻게 그런 업적을 이룰 지 알아내기 위해 남은 것이었다.

다른 것을 생각하지 않고, 나는 계속 걷고 있다. 몇 걸음 더 가면 거리의 절반을 더 더 행복하게 만들었으며, 제가 지은 오두막에 가서 산에서 처음 며칠을 보냈던 곳으로 작별인사를 할 것이기 때문에 더 행복해졌습니다. 내 새로운 거주지는 알 수없는 사람 옆에 작은 수액 집이 될 예정이었다, 내 경로에 나를 돕기로 약속 힌두교. 이것은 전적으로 그의 결정이었다, 나는 여전히 가장 올바른 사람이 었는지 몰랐다.

잠시 후 나는 오두막에 도착할 것이다. 이 시점에서 약간의 고뇌가 내 마음과 감각을 통해 전달하지만, 나는 아직도 이유가 무엇인지 모른다. 그것은 직감인가? 글쎄, 그것은 설명하기 어려웠다. 그 순간 나는 여전히 마지막 사건과 잃어버린 혼란스러웠다. 저의 주요 목적은 제가 확신하는 유일한 것이었습니다: 어두운 밤의 의미와 깊이를 이해하기 위해 계속 진화하고, 다른 사람들의 말이며, 오직 마지막 계시에 대한 열린 마음을 가지고 있습니다. 성공을 거두기 위해 필요한 모든 희생을 할 준비가 되어 있었고, 첫 번째는 낯선 사람의 집에서 잠시 살기도 했습니다. 힌두교도는 그러한 태도와 제자로서 제의적인 사명에 대한 이유가 있어야 하며, 그분께 주의 깊게 경청하고 역경을 극복하기 위해 최선을 다하는 것이었습니다. 나는 계속 걷고 마침내 오두막에 도착합니다. 첫 번째 우선순위는 내 케이스를 포장하는 것입니다. 그것을 준비 한 후, 나는 산에서 첫날 밤을 보냈던 장소를 숙고하기로 결정했다. 간단한 분석 후, 나는 내가 여기에 처음 이후 나를 위해 매우 특별하다는 결론에 도달. 이 시간 속에서 저는 동굴에 들어갈 때 극복할 수 있는 의심과 불확실성, 두려움을 기억합니다. 현재 저는 진화와 성공을 향한 선견자였습니다. 얼마 후, 나는 마침내 작별 인사를 하고, 사건을 잡고, 새 거주지로 떠났다. 나는 평온과 확신으로 돌아오는 여행을한다. 나는 새로운 도전에 직면 할 준비가되어 있었고 곧 작은 수액 집에 도착했다. 아무렇지 않게, 나는 들어가서 명상 위치에 있는 힌두교와 마주쳤다. 즉시, 그는 트랜스에서 나와 또한 앉도록 나를 초대합니다. 나는 바로 순종하고 그는 대화를 시작합니다 :

—나는 여러분이 미지의 것에 맞서 용기를 찾을 수 있는 방법에 대한 답을 정리하는 것을 목표로 명상했다. 이것은 자신의 자아의 일부이며 좋은 진화를 시작하는 것이 중요합니다.

—여가 시간이 있을 때도 명상합니다. 그러나 요즘 나는 선입견을 위해 그렇게하지 않은 내 마음을 명확하고 고요하게하지 않습니다.

—새로운 도전을 극복할 수 있도록 명상이 필수적이라는 것을 이해한다. 게다가, 주의를 기울여 공부하면 여전히 모든 기술을 습득하지 못한다는 것을 깨달았습니다. 결과적으로, 당신은 완전히 그것의 혜택을 얻을 하지 않습니다.

—나는 배울 준비가 되어 있다. 나에게 올바른 방법을 보여.

— 저는 예리한 학습자를 좋아합니다. 나를 따르라, 그럼!

　　　나는 즉시 그에게 순종했다, 나는 그의 기술을 배울 호기심 때문에. 검색과 관련하여 안전한 경로를 밟는 데 도움이 될 까요? 나는 그 확실하지 않았다, 그러나 나는 나중에 혜택을 얻을 수 있도록 위험을 감수 할 준비가되어 있었다. 조금 더 나아가, 우리는 산의 북쪽을 향해 좁은 길을 들어갔다. 이 순간 그것은 첫 번째 도전과 내가 그것을 얻기 배운 학습을 마음에 온다. 나는 어두운 밤의 기원과 자부심의 가장 유명한 예를 발견했다. 게다가 겸손은 자부심의 반대이며 진화하는 가장 적절한 방법이라는 것을 배웠습니다.

　　　역사가 우리에게 주신 겸손의 예 중에는 예수, 위대한 사람이 되려면 다른 사람들에게 봉사해야 한다고 가르쳤습니다. 이것이 바로 내가 영혼의 어두운 밤의 길을 밟고 싶은 것입니다. 이 책을 따라, 내 행동의 결과로, 나는 마음을 매혹하고 많은 사람들이 꿈을 하게하고 싶어, 심지어 몇 순간, 선점, 환멸과 삶의 불의에 대해 그들을 잊게. 이 목표를 염두에 두고, 나는 명상의 비밀을 발견하기 위해 내 감각과 인식을 열겠다고 약속한 사람을 계속 따라가고 있다. 빠른 페이스는 빠르게 전진하며 잠시 후 이미 경험이 있는 호수에 도착했습니다. 마스터는 대화를 다시 시작합니다.

—우리는 내가 원하는 곳에 도착했습니다. 호수를 올바르게 명상할 수 있는 사람들은 과거, 현재, 미래를 초월할 수 있게 된다. 이 현상은 산이 신성하기 때문에 발생합니다. 준비되었습니까? 어떻게 행동해야 할지 말씀드리겠습니다. 물에 들어가기 전에 증오, 절망 또는 불신의 흔적을 없애기 위해 정신적으로 집중하십시오. 이 단계에서 성공한 후, 미지의 힘에 완전히 자신을 제공합니다. 준비가 되면 물 위를 걸을 수 있고 명상을 하면 각자의 계시를 찾을 수 있을 것입니다. 와서, 나는 그것을 수행하는 방법을 보여 줄 것이다.

—기다려. 나는 내가 제대로 들었다고 생각하지 않는다. 나는 미지

의 힘에 자신을 제공해야합니까? 그게 무슨 뜻인가요?

　　　　대답하지 않고, 힌두교는 호수에 들어가서 즉시 하나님처럼 걸어갑니다. 그가 정확히 중간에 도착하면, 그는 나에게 손을 흔들며 전화를 걸었다. 어떻게 행동해야 할지 몰랐음에도 불구하고, 나는 용기를 내어 위험을 감수하고 호수에 들어가기로 결심했다. 나는 첫 걸음을 내딛고 주인의 위업을 달성 할 수없는 것에 대해 실망한다. 나는 격려의 말을 얻고 산책을 계속한다. 내가 주인이 있는 곳에 정확히 도달했을 때, 그는 내 손을 잡고, 마치 기적인 것처럼, 나는 바다에 설 수 있다. 그 후, 나는 명상 위치에 자신을 배치하고 힌두교의 지시를 따랐다. 눈을 감고, 나는 다음과 같은 시현에서 잔인한 충격을 겪는다. 몇 초 만에 시작, 중간 및 끝을 봅습니다. 시작은 개념, 삶의 기적을 나타냅니다. 저는 창조주께서 인간이 접근할 수 없는 먼 곳에서 오는 것을 봅습니다. 그 직전에 저는 지상에 오라는 영의 사명을 정의하는 천사들의 집합을 보았습니다. 이 재회에서 나는 평의회에서 불과 빛과 어둠을 보았다. 중간에 관해서는 그것은 지구 행성을 통해 인간의 통로를 나타냅니다. 이 단계에포함 된 어린 시절, 청소년과 성인이 있습니다. 내 비전에서 나는 가족과 사회에서 큰 두려움과 고통을 일으키는 초자연적 인 경험을 가지고 자란 어린 소년의 단맛을 참조하십시오. 장애물과 좌절에도 불구하고, 그는 고귀하고 의로운 꿈을 창조하고 유지했다. 그 중 하나는 세상에 발전하고 꿈꿔온 성공과 행복에 도달하는 가장 좋은 방법을 보여주는 것이었습니다. 그 꿈을 찾기 위해, 지금 청소년은 몇 가지 위험을 감수했다, 승리와 끝에 책의 시세가되었다, 삶을 변환하고 매혹적인 마음에 촉각을 곤두 세우고. 이 길에서 그는 헌납으로 이어지는 일련의 모험을 따릅니다. 결국, 그의 임무를 성취하는 데 성공하고 우주의 양성 세력에 자신의 영혼을 제공합니다. 이 정확한 순간에, 비전은 멈추고 나는 정상 상태로 돌아갑니다. 눈을 뜨고, 나는 아직도 물 위에 혼자 서 있고, 호수 둑에 있는 주인을 볼 수 있었다. 공포와 함께, 나는 가라 앉고 옆으로 수영하기 시작했다. 물에서 나오는, 나는 더 이상 같은 사람이 아니다 느낀다.

—어떻게 해야 했는가? 이해가 안 돼요, 마스터.

—설명하겠습니다. 믿음의 부족이 여전히 당신 안에 있었기 때문에 당신은 물에 걸어 밀어 필요했습니다. 안전 느낌, 당신은 편안하고 성공. 그런 다음? 당신은 당신의 미래를 보았습니까?

—나는 그것을 보았지만 너무 명확하지는 않았다. 그것은 훌륭하고 업적으로 가득 차있을 것이라고 느꼈습니다. 나는 내 꿈이 가능하다고 생각합니다.

—모든 꿈이 가능하고 우주는 돕고 싶어합니다. 불행히도, 몇몇 사람들은 자신의 아이디어를 지속합니다. 그 시점에서 실패와 속임수가 발생합니다. 걱정하지 마세요, 당신의 경우는 다릅니다. 나는 당신이 승자 중 될 수있는 모든 것을 가지고 있음을 볼 수 있습니다.

—그 말을 듣는 것이 좋습니다. 평생 동안 저는 운명이후에 달리고 있으며, 보상을 받을 것이라는 것을 알았기 때문에 새로운 도전에 직면한 저의 행복하고 예리한 마음이 생다. 다음 단계는 어떻게 될 것인가?

—이제 당신은 제대로 아스트랄 여행을 사용하는 방법을 배워야하고,이 이미 알려진 신성한 장소에서 가능할 것이다. 그것은 당신이 마지막으로 꿈을 시작한 절망의 동굴입니다.

—아주 잘. 준비됐어요. 우리가 가야 할까요?

　　　힌두교는 동의에 고개를 끄덕이며 우리는 곧바로 산 꼭대기의 서쪽을 향해 떠났다. 산책 의 시작 부분에서, 주위에 걱정 침묵이 있었다, 아마도 우리 둘 다 실행하고있는 위험을 예측, 동굴, 내 오랜 친구, 정말 꿈과 삶을 셔터 할 수 있었다. 나는 이전 모험에서, 나는 어려운 함정을 극복 할 때 것을 알고 있었다. 나는 그것에 대해 조금 반영하고 내 모험 정신이 아니라면, 나는 그런 미친 제안을 받아들이지 않을 것이라는 결론을 내렸다.

그것은 나를 기다리고있을 것입니다? 동굴과의 새로운 만남은 확실히 나를 시세로 재확인하고, 아스트랄 여행의 측면에서 나를 다시 변화시킬 수 있었다. 다른 한편으로는, 내가 실패하면, 나는 영원히 잃어 버릴 수 있고 내 꿈과 프로젝트를 성취하지 못할 수 있습니다. 나는 그 가능성에 대해 생각하지 않고 힌두교 옆에 걷는 것을 계속하려고 노력하지만, 더 단호하고 빠를 수록. 그 후, 우리는 신속하게 거리를 여행했습니다. 그리고 곧 나는 모든 것이 시작된 장소 앞에 있다. 나는 내 감정을 제어; 우리는 더 앞으로 나아가 입구에 멈췄습니다. 이 시점에서 힌두교는 마지막 권고사항을 수정하고 작별인사를 하고 지금부터 혼자 가는 것이 더 낫다고 말합니다. 나는 그의 요점을 이해하고 새로운 도전에 직면 할 준비가되어 있습니다. 이제 는 다시 한 번 나와 동굴이었다. 처음에는 걷기가 활발하지만 걱정이 됩니다. 예상대로, 경로는 함정으로 가득하지만, 이번에는 이전과 는 달리, 나는 내 선견자의 트릭을 사용하여 쉽게 극복 할 수 있습니다. 약간의 걷기 시간이 지난 후, 나는 피곤함을 느끼고 내 걸음을 되돌아 볼 기회를 잡을 수 있습니다. 동굴이 부드러워지거나 심지어 나에게 연민을 가한 것 일까요? 아니면 지난 번보다 더 잘 준비됐는가? 옵션 중 하나는 사실이었지만, 그 순간 나는 어느 것을 알지 못했다. 나머지는 후, 나는 동굴의 갤러리를 통해 걸어 계속, 내가 찾고 있던 표지판이나 흔적을 검색. 내부 깊숙이 들어가도 아무 것도 나타나지 않습니다. 나는 희망을 걷고, 그리고 시간의 엄청난 기간을 계속, 동굴의 분위기는 내가 본 것과 다른, 마지막 두 문이 나타납니다. 나는 그들 앞에 서서 그들이 정확히 무엇을 의미하는지 자문해 보십시오. 나는 의심이, 내 현재 마스터는 그 방향으로 나를 지향하지 않았다. 아무일 없이, 나는 나의 시세의 힘을 부르기로 결심했고, 몇 가지 노력 끝에 그들의 기운을 시각화할 수 있게 되었다. 그 정보로, 내 문제는 해결되고 나는 하나는 순수한 빛과 다른 영혼의 어두운 밤을 나타내는 것을 알아 냈다. 두 가지 옵션을 분석하면서, 나는 순수한 빛의 길은 인간의 삶에서 비난과 어려운 선택을 나타내는 나의 길이라고 추론한다. 그럼에도 불구하고, 나는 이것이 그것을 선택하는 순간이 아니라고 믿는다. 영혼의 어두운 밤의 길은 순수한 지식과 우리가 하나님으로부터 자신을 분리하여 우리 자신에 대해서만, 이기주의와 허세에서 만 생각하는 지점을 나타냅니다. 첫 번째 를 무시, 나는이 경로내가 선견자가되기 전에 나에게 무슨 일이 있었는지 이해하는 데 도움이 될 것이라고 생각합니다. 물론, 나는 왼쪽 (영혼의 어두운 밤)에 문을 엽니 다. 그것을 열고, 질식 하는 힘은 나를 안으로 밀어 바로 나는 큰 챔버에 자신을 발견, 심하게 조명 과 슬픈, 성도들의 이미지의 전체. 나는 센터를 향해 걸어 가면 바닥에 있는 구절을 읽을 수 있었다. 그것은 읽습니다 : 당신의 성자와 행운을 선택합니다. 나는 몇 가지 옵션을 가지고있다 : 절망적 인 성자, 불가능한 원인의 성자, 억압의 성자, 여행의 성도, 다른 사람의 사이에서. 나는 침착하게 상황과 내 필요를 분석한다. 나는 동굴에 들어간 마지막 시간처럼 필사적이지 않으며, 내가 잘못했다. 이 성도들은 저에게 유익하지 않습니다. 나는 감각너머로 여행을 찾고 내 진정한 힘을 발견하려고 노력했다. 불필요한 옵션을 제거, 나는 여행의 성도를 유지하기로 결정. 내가 선택한 것은, 나는 각 성도를 만지고 그렇게 내 앞에 열려 있는 여러 문을 하고 그 중 하나에 기록되었다: 아스트랄 또는 영적 여행. 더 이상 의심의 여지없이, 나는 그것을 향해 걸어 가고 그것을 열때 예상치 못한 일이 일어난다. 갑자기 내 감각이 깨어나고, 내 영혼이 먼 시간과 공간을 통해 방황하는 추력으로. 이 여정에서 아무것도 명확하지 않지만, 나는 어둠, 고통, 혼란과 많은 고통을 엿볼 수 있습니다. 나는 영혼의 어두운 밤에 대한 끝없는 전쟁 자신 내에서 싸우는 남자의 용기를 참조하십시오. 이 싸움에서 나는 전투에서 승리하고 동시에 패배 볼 수 있습니다. 나는 또한 그가 미끄러 질 때마다 어두운 밤이 강화되고, 절망이 비참에 떨어지는 것을 봅다. 이미 영적인 계획에서, 나는 그 사람의 영혼을 위해 싸우는 세계를 본다. 시간의 짧은 흐름이 있고 그것의 끝에 나는 그의 구원이 될 수 있는 작은 빛을 참조하십시오. 그 빛은 강렬하고 어두운 밤은 그 존재와 함께 사라지지만, 남자의 부분에 태도의 부족이있다. 그의 회개는 정말 진실한 것이 아닐까요? 그의 어두운 밤은 여전히 그의 마음에 남아 있었는가? 답을 얻기 전에, 경험은 내 정상 상태로 돌아갑니다. 문이 닫히면 나는 같은 방으로 돌아갑니다. 더 이상 찾지 않고, 나는 다시 내 길을 만들기로 결정했다. 잠시 후, 나는 갤러리로 돌아와 빠르게 걷고 2 시간 만에 동굴 의 전체 길을 걸었다. 나가서 힌두교를 다시 만났고, 나는 그에게 첫 번째 고려 사항을 고려한다.

—그리고? 어떤 일이 있었습니까? 찾고 있던 것을 찾았습니까? – 그는 묻습니다.

—동굴은 어떤 식으로든 나를 도왔지만, 여전히 중요한 질문에 답하지 못했다. 저는 제가 원하는 마지막 계시에 도달하기 위해 이 위험하고 고통스러운 어둠의 길을 따라 계속 위험을 감수해야 한다고 생각합니다. 저를 계속 도와주시겠습니까?

—물론이죠. 우리가 완성한 명상과 아스트랄 여행으로, 나는 당신이 이미 다음 단계를 통과 할 수 있다고 믿습니다, 내일 또 다른 도전을 달성. 당분간, 휴식을 집으로 돌아가는 것이 좋습니다.

나는 나의 현재 주인에 동의하고 우리는 한 번에 걷기 시작합니다. 초기 단계는 정상이며, 방금 막 마친 사람의 영적 상태를 반영하여 다른 단계를 극복합니다. 지금부터 무엇을 기다리고 있을까요? 상상조차 할 수 없었고, 실제 모험을 첫 번째 모험처럼 특별하게 만드는 것이었습니다. 내가 아직도 가지고 있는 모든 의심에도 불구하고, 나는 내가 원하는 것과 내가 어디로 가고 싶었는지 절대적으로 확신했다. 그 확신으로, 나는 단계를 가속화하고 내 주인은 트랙에 저를 동반. 짧은 시간 동안, 우리는 겸손한 집에서 우리를 분리 하는 거리를 커버 하 고 도착 하 고 도착 시 우리는 점심을 요리 하 고 그 후 우리는 우리의 불편 한 침대에 휴식. 이 순간 내 생각은 다음 날의 기대로 가득 차 있었고, 이는 초보자 작가로서의 경력에서 결정적이고 확실한 것입니다.

분노

       태양의 첫 번째 광선이 나타나 새로운 하루의 도착을 발표합니다. 빛으로, 내 감각은 조금씩 깨어있다. 나는 똑바로 일어나려고 노력하지만, 전날의 경험의 무게는 그렇게 나를 중지합니다. 그럼에도 불구하고, 나는 자신을 사임하지 않습니다, 나는 내 남은 에너지를 수집하고 추력으로 나는 마침내 일어나 수 있습니다. 일어서서, 나는 스트레칭을 하고 즉흥적인 욕실로 가서 아침 을 한다. 내가 그곳에 도착했을 때, 나는 들어가서 문을 닫고 옷을 벗고 내 몸에 차가운 물을 던지기 시작했고, 내가 채워진 용기에 보관했다. 차가운 물과의 첫 번째 접촉은 내 꿈과 목표를 위해 싸우는 나의 기분과 결심을 새롭게합니다. 나는 가능한 최선의 방법으로 물건을 단순화하려고 노력하여 몸에 좋고 빠른 청소를합니다. 비누와 물의 순서로, 나는 완전히 깨끗하고 깨끗한 옷을 입고 화장실을 떠나 아침 식사를 하러 간다. 부엌에 도착, 나는 다시 힌두교를 만난다, 누가 우리의 아침 식사를 위해 모든 것을 준비했다, 나는 자신을 돕기 시작하고 그에게 이야기하기 시작했다.

—어제의 악용으로부터 완전히 회복했습니까? – 주인에게 물어본다. 봐, 오늘의 도전은 매우 쉬운 일이 아니다, 조심.

—솔직히 말해서, 나는 정말로 하지 않았다. 그러나, 나는 나 자신이 매우 기꺼이 찾을 수 있습니다. 요컨대, 이 다음 도전에서 한 번 더 승리를 거두기 위해 어떻게 행동해야 합니까?

—첫째로, 여러분은 용기와 투쟁 정신을 지켜야 합니다. 둘째, 지식과 어제의 개선을 무기로 사용하여 모든 역경을 극복하십시오. 강해지고 언제든지 신앙을 잃지 마십시오. 이 방법만 다시 이길 것이고 보상으로 네 번째 추기경 죄에 대한 완전한 지식을 받게 됩니다.

—이해합니다. 감사합니다. 당신은 또한 나에게 장소와이 도전의 실현의 정확한 시간에 대한 몇 가지 단서를 줄 수 있습니까?

—그 장소에 관한 한, 나는 당신을 도울 수 없다. 당신의 직관을 따르십시오. 시간에 관해서는, 그것은 아침에 08h00될 것입니다.

힌두교의 이 대답으로, 나는 내 포켓 시계를 보고 거의 시간이 다 된다는 것을 깨닫는다. 내 몸에 약간의 떨림을 느끼지만 모든 것이 괜찮을 것이라고 믿는 것을 선호합니다. 나는 서둘러 내 아침 식사를 완료, 힌두교에 작별 인사를하고 내 경력에 한 번 더 단계를 달성하기 위해 한 번에 둡니다. 내가 떠날 때, 나는 내 계획을 그리고 따라야 할 방향을 숙고하기 시작했다. 본능적으로, 나는 그 부분에서 여행 한 적이 없다는 사실 때문에 북동쪽을 결정합니다. 정의된 방향은 이제 태도만 남았습니다. 내 마음을 돕기위한 의도로, 나는 과거의 지식 (내가 현재의 이전 모험 이후 흡수 한 것)과 힌두교의 감독하에 얻은 개선을 기억합니다. 신중하고 공정하게 분석하면서, 저는 그들이 그 순간에 제가 가진 사람이 되는 것이 매우 중요하다고 결론을 내렸습니다. 이런 이유로, 나는이 여행 (영혼의 어두운 밤)과 내가 수행 할 수있는 다음 여행 중에 내 호의에 (필요할 때마다) 그들을 사용해야합니다. 독자, 이 시점에서, 요청할 수 있습니다: 그리고 이것은 완전한 성공을 달성하기에 충분할 것인가? 그 질문은 매우 어렵고, 그것은 사람이시로 진화의 내 현재 상태에서, 그것을 대답하려고 터무니없는 것입니다. 내가 가진 유일한 절대적인 확실성은 장애물이 아무리 어려웠고 내가 걷고자 했던 길에 상관없이 위험을 감수할 것이라는 것입니다.

그 확신을 가지고, 나는 내가 선택한 트랙에 활발하게 걸어; 얼마 후, 마침내 나는 산 꼭대기의 북동쪽에 도착했다. 나는 계속 걷고 갑자기 내 앞에서 신비한 정리가 열리고 내가 그것에 더 가까워지는 것을 생각하지 않고. 그것으로 가서 정확히 중간에 도착 나는 무덤을 찾을 수 있습니다. 옆구리의 십자가에서 나는 다음 메시지를 읽었다: 여기에 억압된 메시지가 있다. 설명할 수 없는 이상한 힘에 의해 구동, 나는 십자가를 만져. 이렇게 하면 하늘이 어두워지고, 힘이 흔들리고, 산꼭대기가 떨리고, 영혼의 어두운 밤이 내 주위에 빠르게 집중된다. 몇 순간, 터널이 내 위에 나타나고 즉시 힘이 내 연약한 정신을 짜증. 그 후, 일종의 아스트랄 여행이 시작되고, 힘과 힘으로, 나는 더 눈에 띄는 장소에 도달 할 때까지 몇 시간 동안 먼 시간과 공간을 통해 여행. 이 순간, 내 정신이 쉬고 마치 영화에 있는 것처럼, 나는 네 번째 추기경 죄에 상응하는 비전을 가지고 있다.

"제퍼슨과 웨슬리는 페르남부코의 광야에서 아주 가까운 두 형제였다. 그들의 전형적인 특성 중 일부는 그들이 두 심각하고 정직한 소년이었다. 그러나 어느 날, 도시의 축제에서, 그들은 안드레아라는 섬세한 올가미를 만났다. 첫눈에, 우연의 일치에 의해, 둘 다 그녀와 매료되었다, 가까이 점점, 그들은 그녀와 채팅을 시작하고 둘 다 그녀와 함께 춤을 추고 함께 축제를 즐길 수있는 기회를 가졌다. 그 순간 이후에, 둘 다 그녀에 대한 깊은 사랑을 느꼈고, 각자는 이미 번영하고 행복한 미래를 생각했습니다. 그러나 제퍼슨(가장 현명한)은 숲이 빠졌고 다음 날 관리하였고, 다음 날 관리하며 안드레아와 연락을 얻었다. 모임에서 제퍼슨은 그녀를 구애하고 그녀에 대한 사랑을 선언했다. 그녀는 보답했고 그래서 그들은 함께 외출하기 시작했다. 얼마 후, 웨슬리가 안드레아와 연락을 드리는 차례였다. 그러나 그들이 만났을 때, 그는 그가 가장 두려워했던 것을 알게 되었다: 그의 동생 제퍼슨은 그녀를 그에게서 훔쳤다. 이것은 어두운 밤이 그의 사랑하는 형제를 향한 웨슬리의 감정을 변화시키고 변화시킬 수 있는 가장 좋은 기회였습니다: 부드러움과 사랑은 순수한 증오가 되었습니다. 이 느낌에 고무 그는 동생에 대한 끔찍한 범죄를 계획하고 적시에 그것을 수행, 그의 동생 안드레아의 끝으로 그를 데려 갈 것이라는 점을 기대. 그런 일은 일어나지 않았습니다. 안드레아는 불협화심을 가지고 수도로 이주하기로 결심하고 배신자를 불복했다. 웨슬리에 관해서는, 그는 투옥되었지만, 그럼에도 불구하고 처벌은 사람을 죽이는 것으로 충분하지 않았다.

비전이 끝나고 돌아오는 여행을 위해 터널로 돌아갑니다. 몇 초 후, 나는 내 몸과 산 꼭대기로 돌아왔다. 나는 집중할 기회를 가지고 그러한 위험한 추기경 죄의 세부 사항을 완전히 동화시키려고 노력한다. 그 후, 나는 다음 장애물에 직면 할 준비가 더 나은 느낌.

분노에 대해 배우기

나는 힌두교가 불안해야 하는 작은 수액 집으로 돌아가기 시작했다. 이 순간, 나는 더 나은 내 감정을 제어했다고 말할 수 있습니다, 더 큰 평온의 결과. 이제 나는 영혼의 어둡고 위험하며 두려운 어두운 밤의 신비를 풀어찾기 위해 이 길의 새로운 단계에 착수하기 위해 세 개의 추기경 죄를 이해한다고 결론을 내릴 수 있습니다. 그것에 대해 생각, 나는 그것이 먼 길임을 이해하지만, 각 단계로 나는 끝에 더 가까이 얻을. 수색결과, 저는 그러한 열렬하고 바람직한 계시의 신비를 해명할 수 있을 것으로 기대했습니다. 그러한 계시는 현재의 진화로부터 도달할 수 없습니다.

나는 내 사건에 대해 조금 생각하고 내가 정말로 성공할 수 있다면 나를 매우 행복하게 만들 것입니다, 그것은 내가 정말 신속하고 완전히 내 힘을 개발 할 수 있다는 것을 탐구 할 수 있기 때문에. 게다가, 나는 더 나은 사람이 될 것입니다. 모든 것이 진화의 문제를 중심으로 돌았다. 그것은 엄격하게 내 경력에 필요한 나는 그것을 달성하기 위해 모든 노력을 할 것입니다. 이 목표를 염두에 두고 저는 계속 걷고 있습니다. 이번에는 계단을 빠르게 하고 언젠가는 임시 천장 근처에 도착합니다. 이 시점에서, 나는 내 생각에 gnaw 의심에 의해 공격. 나는 힌두교인이 어땠는지 자문해 본다. 그는 내게 정말로 무엇을 기대하고 있었는지? 통제할 수 없는 몇 가지 질문이 놀라운 속도로 나타났습니다. 나는 잠시 멈춘다. 나는 반성하고 몇 가지 결론을 그립니다. 나는 그가 내 부분적인 승리에 대해 알게 되었을 때 그가 행복할 것이라고 믿는다. 결국, 그것은 그가 나를 훈련시키는 목적이었다.

나는 동굴에서 또 다른 경험을 한 후 고요하고 상쾌한 산책을 계속한다. 그 순간, 나는 한 번 더 장애물을 극복했기 때문에 당황할 이유가 없었습니다. 저는 제 확신을 강화하고, 힘과 용기, 신앙을 모으고, 더 멀리 걸어가며 더 멀리 걸어가셨습니다. 몇 걸음 더 걸어가면 힌두교의 작은 집에 도착합니다. 아무렇지 않게, 나는 들어와서 주인을 맞이하고 무료 작은 의자에 앉았다. 나는 그가 나를 완전히 면밀히 조사하고 말하고 있다고 느낀다.

—네가 다른 무대에서 살아남았다는 것을 알 수 있다. 축! 나는 절망의 동굴의 불을 정복 한 유일한 몽상가에 관한 때문에, 당신에게서 더 적은 아무것도 기대하지 않았다. 하지만 가장 큰 어려움은 여전히 다가올 것이라는 것을 알려야 합니다. 어두운 밤의 끝은 더 진화 된 영혼에 액세스 할 수 있음을 알고있다. 그때까지, 내 사랑하는, 당신은 많은 것을 배워야한다. 글쎄, 분노에 대한 당신의 경험에 대해 말해. 여러분의 영적인 발전을 확신하고 싶습니다.

—처음에는 본능에 따라 꼭대기의 북동쪽으로 걷기로 결심했습니다. 나는 청산에 올 때까지 그 방향으로 잠시 걸었다. 두려움 없이, 나는 더 걸어 가서 그 옆에 십자가가 있는 무덤을 발견했다. 그것을 만지는 아이디어가 제게 왔고, 그로 인해 나는 아스트랄 여행을 경험하게 되었습니다. 그 경험에서 저는 네 번째 추기경죄, 분노를 이해하는 데 필요한 비전을 얻었습니다. 그 죄와 관련된 모든 지식을 흡수한 후, 동물 측이 영적 측면을 지배하게 할 때마다 인간에게 분노가 나타난다고 말할 수 있습니다. 그것은 몸을 통해 확산, 깊은 증오를 응축 하는 어두운 밤 원인. 사람이 미끄러질 때마다,이 느낌은 폭발하고 피할 수없는 결과의 시리즈를 시작합니다. 이 과정은 어두운 밤이 더욱 강화됩니다. 분노에 대항하여 사용할 수 있는 해독

제는 온유함으로, 이는 더 진화된 영혼의 특징입니다.

—아주 잘. 나는 당신이 어떤 진전을 이루었다는 것을 알 수 있지만, 영혼의 어두운 밤의 복잡성을 이해하는 것만으로는 충분하지 않다. 조언으로, 더 명상, 성경을 읽고 다섯 번째 추기경 죄의 예를 찾아: 질투. 그것은 많은 사람들의 몰락의 주요 원인이었고, 단지 몇 가지만 그것을 이해할 수 있습니다.

—칭찬해 주셔서 감사합니다. 이 길의 끝에 도달하기 위해 최선을 다할 것이라는 점을 안심시켜 주십시오. 결국, 나는 우주에 의해 보상되기를 바랍니다. 당신의 조언에 대해 나는 그것을 따라 할 것입니다, 나는 그렇게 할 수있는 무료 오후를 가지고 있기 때문에.

—당신은 좋은 제자. 나는 당신이 당신의 여행에 성공하기를 바랍니다.

그 렇고, 힌두교는 숲에서 보급품을 찾기 위해 작별 인사를 했습니다. 그가 떠난 후, 나는 의심으로 가득차 있었지만, 나는 그것에 대해 생각하지 않으려고 노력합니다. 나는 낮에는 어두운 밤의 길을 살 려고했고, 각 순간은 마지막을 나타낼 수 있었다.

부러워

조금 후, 오후가 시작됩니다. 이 정확한 순간에, 나는 점심을 마치고 힌두교의 조언을 기억한다. 본능적으로, 나는 그것을 따르기로 결정했다. 이 목표를 가지고, 나는 내 분리 할 수없는 성경을 가지고 그것을 통해 페이징을 시작합니다. 그 안에, 나는 부러움의 예를 찾을 수 있습니다. 가장 먼저 나타난 것은 케인과 아벨 형제 (Gn 4,1-8)의 경우입니다. 아벨 (양과 양 떼의 장자)의 제안이 가인

(땅의 제품)의 사람들에게 더 기쁘게 하기 때문에 모든. 이 경우, 부러움과 반란은 가인의 마음에 자신을 설치할 수 있었다, 그는 자신의 혈액 형제를 죽일 원인이되었다. 상황을 공정하게 분석하면서, 나는 부러움의 큰 힘과 위험성을 이해한다. 나는 성경을 통해 페이지를 계속하고 나는 샘손의 이야기를 읽었다 (판사 14,1-31). 장엄한 힘을 가진 그는 전략을 사용하여 데릴라 (샘손의 아내)가 자신의 비밀을 발견하도록 설득 할 수있는 아치 적 (필리스티아인)에 의해 부러워했다. 그녀는 샘손과 너무 많은 것을 주장하여 악의적 인 웹을 만들어 냈습니다. 그 결과는 샘손이 투옥되고, 굴욕을 당하고, 패배한 것이었습니다. 그러나 이야기의 끝에서, 샘손은 자신의 자부심과 힘을 회복하고, 그를 찌르는 모든 사람들에 복수함으로써 끝납니다. 이 예는 부러워에 한계가 없고 그 중 어느 것도 가장 가깝고 신뢰할 수 있는 사람조차도 행동할 수 있다는 것을 이해하게 되었습니다.

나는 성경을 계속 읽기로 결정하고 세 번째와 더 유명한 예가 나타납니다: 예수 그리스도. 그의 모든 여정을 통해, 시대의 위대한 사람들의 좋은 소식과 벙커의 선구자인 것에 대한 법의 대제사장과 학자들에 의해 부러워되었다. 박해를 받을 때도 그는 임무를 완수할 수 있었고, 결국 에는 잡히고 십자가에 못 박히며 죽임을 당할 수 있었다. 어둠의 시간은 그의 패배를 나타내지 않지만, 어두운 밤에 대한 그의 승리. 그가 죽은 지 사흘 후 그는 영광스럽고 다시 어두워지는 제국을 위해 한 번, 이렇게 폐지한다. 그 때부터 그의 원리를 믿고 따르는 사람들은 영생에 대한 보상으로 여겨진다. 그 예에서, 신앙은 내가 걷고있는 그 위험한 길에서 내 안에 새롭게된다. 모든 장애물에도 불구하고, 나는 경직된 마음을 통해 큰 힘을 가지고 부러워에도 불구하고, 승리의 진정한 가능성을 가지고 있다고 계속 생각합니다. 긴 명상과 몇 가지 결론을 도출 한 후, 나는 읽기를 완료하기로 결정합니다. 잠시 후, 힌두교는 보급품과 함께 돌아온다. 나는 매우 행복하다. 우리는 서로 인사를 하고 그는 대화를 다시 시작합니다.

—내가 물어본 것을 했습니까? 다음 도전은 짧은 시간에 일어날 것을 알고있다.

—네. 성경을 읽는 데 몰두하는 것은 분노의 차원을 이해하는 데 많은 도움이 되었습니다. 내가 본 모든 후, 나는이 도전이 내 현재의 힘과 관련하여 매우 복잡 할 것이라고 결론을 내렸다. 그러나, 나는 그런 열렬한 지식을 찾기 위해 위험을 계속하고 싶습니다. 어떻게 행동해야 합니까, 마스터?

—예수 한 것처럼 얼굴을 맞대고. 그는 세상의 죄의 무게를 등에 짊어지고 있었고, 심지어 적에게서 물러서지 않았습니다. 당신의 경우, 극단적 인 죽음으로 갈 필요가 없습니다. 결국, 당신의 도전은 그보다 상대적으로 쉽습니다. 그 모험에서 당신은 우리 모두가 통과하는 어두운 밤을 깊이 이해하고 많은 마음을 매혹하고 꿈을 만드는 임무로 가지고있다. 당신은 "시세"의 도전을 가지고 있다.

— 저는 제 책임을 알고 있으며, 저는 그들이 훌륭합니다. 그런 이유로, 나는 더 나은 자신을 준비하는 것을 목표로 산으로 돌아가기로 결정했다. 신앙과 힘과 용기로, 나는 어두운 밤의 비밀을 해명할 것이고, 그것은 내가 권세와 함께 그것에 대해 기록하게 할 것이라는 것을 알고 있다. 그것에 대해 이야기, 당신은 아직 당신의 어두운 밤에 대해 나에게 말하지 않았습니다.

—어떤 인간이든 복잡한 순간이었습니다. 그 때, 나는 내 자질을 과대 평가하고 내 잘못에 대해 완전히 잊어 버렸습니다. 이것은 나를 모순으로 이끌었다. 내 약점을 이용하면서 그림자가 찾아왔고, 저는 유일한 하나님 아버지하나님을 잊어버렸습니다. 그러나 어둠이 절정에 이르렀을 때, 내가 얼마나 잘못되었는지, 그리고 내 잘못을 고칠 수 있는 방법을 보여주는 빛이 나타났다. 저는 그 특별한 기회를 이용했고, 빛의 진리를 찾았고, 그때까지 걷고 있던 어두운 길에서 벗어날 수 있었습니다. 그 후, 내 인생은 정상이되었다, 마지막 네 추기경 죄의 주인으로 간주 될 때까지 조금씩 진화. 우리가 걷고

있는 이 성스러운 장소에 대해 들었고, 이곳에 와서 살기로 결심했습니다. 나는 그렇게 할 수있는 보호자 의부인으로부터 특별한 허가를 받았습니다.

— 저는 여러분이 또한 어둠의 시기를 겪었다는 것을 인식할 만큼 여러분의 겸손을 존경합니다. 그러나 내 어두운 밤은 약 2 년 전에 일어났다, 그러나 나는 그 의미, 또는 깊이를 이해하지 못했다. 그 후, 나는 답을 찾기 위해이 끊임없는 검색을 시작했다. 그것은 내 모든 의심을 정리하기를 바라며, 어둠의 이 고문하고 위험한 길에서 나의 헌신을 설명합니다. 그러므로 저는 우리가 지나가며 원하는 계시에 도달하는 영혼의 다양한 어두운 밤을 더 잘 이해할 수 있는 더 큰 기회를 갖게 될 것입니다.

—저는 두 단계로 더 나아가는 길에 도움이 될 것입니다. 다음 은 짧은 시간에 오늘 여전히 개최됩니다. 준비되었습니까? 당신은 어떤 의심이 있습니까?

—나는 단지 어떻게 행동해야 할지 의심스럽다. 나는 확고하고 자신감을 가져야합니까?

—물론이죠. 부러움은 행동하는 우리의 태도의 경과를 이용한다는 것을 알고 있습니다. 그것을 피하기 위해, 침착하고 이전 단계에서 얻은 지식을 활용. 게다가, 명상을 기억, 여분의 감각 감각을 강화하기 위해 그 힘으로.

— 나는 이해했다. 언제 출발해야 하나요?

—약 1시간. 이번에는 더 조심하십시오.

　　　힌두교가 침대쪽으로 이동하여 잠자리에 들자마자. 나는 약 한 시간을 가지고 있고 나는 명상과 반영을 보낼 계획이다. 그렇게 하기 위해, 내가 명상의 올바른 방법을 배운 개선을 기억하고 지난 시간과 같은 방법으로 주인의 지시를 완전히 따르십시오. 그 과정은 다음과 같습니다 : 첫째, 나는 증오, 무관심 및 집착의 흔적을 지우기 위해 집중하기 시작합니다. 처음에는 할 수 있었고 마음이 편안해합니다. 그 과정에서 저는 제 열망에 대해 배우기 위해 산의 자연과 접촉할 수 있게 된 직후부터 자신을 분리하기 시작했습니다. 이 시도에서, 비전은 나에게 조금 현기증과 혼란을 떠나 후속. 그 시현은 제 생각에 빛, 어둠, 고통과 진화를 보여줍니다. 잠시 후, 상대 세력이 만나 그들이 생산하는 충격은 우주 전체를 흔드는 것 같습니다. 비전은 명확하지 않지만, 그들은 전투의 중심에서 나는 두 세력의 지식을 동화하려고하는 전쟁을 보여줍니다. 시현 중 하나에서, 특정 시점에서, 원이 닫히고 나는 밖으로 방법이 없습니다. 이 순간, 빛의 수호자가 원을 관통할 수 있는 것처럼 보입니다. 그는 나를 단단히 잡고 우리는 분쟁을 통해 비행. 그의 얼굴에 지식의 문이 쓰여졌고 우리가 안전한 거리에있을 때, 그는 나를 갈 수 있습니다. 얼마 지나지 않아 저는 계시를 받았기 때문에 제 길을 더 깨끗하고 안전하게 떠나는 것을 너무나 많이 찾았습니다. 그러나 이것은 끝이 아닙니다. 진화 과정을 계속하고, 방법과 삶을 구축하고, 사람들을 매혹시키고, 그 걸 좀 더 경험을 쌓고 있습니다. 모든 단계로 나는 끝에 접근하고 있지만, 내가 그것에 매우 가까이있을 때, 이미지는 왜곡되고 비전은 소멸얻을. 나는 비전의 끝에 도달하고 초기 상태로 돌아갑니다. 내가 자신을 확신 할 때, 나는 일어나 가혹한 현실은 내 감각을 감동. 그래서, 모든 것은 경과에 불과했다, 산에 의해 발생하는 트랜스. 나는 조금 아래로 느낀다, 그러나 나는 곧 회복. 결국, 나는 다음 도전에 완벽하게 적응할 필요가 필요했다. 도전에 대해 이야기하면서, 나는 이 기회를 통해 포켓 워치의 시간을 살펴봅니다. 나는 공포를 얻을. 시간이 다되었습니다.

깜박이지 않고, 나는 목적지를 찾기 위해 수액 집을 빨리 떠난다. 나는 계획을 시작하고 나는 따라야 할 방향에 대해 생각합니다. 곧 결정을 내린 후. 이번에는 산 꼭대기의 남서쪽 방향으로 걷기로 결정했습니다. 나는 긴 걸음으로 즉시 걷기 시작했고, 지금은 매우 불안하고 희망적입니다. 정확히 무엇을 찾을 수 있을까요? 독자,

함께 계속하자. 나는 많은 생각하지 않고 걷는 것을 계속하고, 반쯤, 돌은 몇 가지 메시지를주고 싶은 것 같다, 그러나 그것은 나에게 완전히 이해할 수 없다. 글쎄, 내가 덜 신경 쓸 수 없었다 와서 올 수 있습니다, 나는 위험을 귀찮게하지 않고 위험을 계속하기로 결정했다. 나는 승리의 기회를 갖기 위해 과거와 같은 태도를 유지해야했다.

나는 돌을 잊고, 여행의 특정 시점에서 나는 기억하고 내 현재 주인의 조언을 통해 이동: 그는 매우 조심하라고 나에게 말했다. 그런 다음, 본능적으로, 나는 내 힘을 모으고 나는 감정의 눈사태를 진정, 내 산책을 조금 둔화. 이 것의 목적은 나에게 추천된 이 미덕인 약간의 인내심을 키우는 것이었습니다. 한동안 걷고 나서, 클리어링이 나타나고 그 옆에는 "어두운 밤의 그림자"라는 메시지가 적힌 플라크가 있었습니다. 방향을 가리키고 있었다. 나는 잠시 동안 멈추고 조금 반성하기로 결정했다. 이것은 무엇을 의미합니까? 저는 그 표현을 알고 있던 곳에서 기억하려고 노력하지만, 저의 모든 노력에도 불구하고 아무 소용이 없습니다. 나는 의심으로 가득 차서, 그 걱정과 동시에 나를 마비. 출구를 찾는 것을 목표로, 나는 나의 이전 지식을 기억하고 신중하게 분석 한 후, 나는 배제에 의해, 그것은 현재의 도전에 관한 해야한다는 결론을 결국. 물론, 내가 옳았다는 것을, 나는 알아 내는 것으로 나타난 방향으로 앞으로 나아간다. 내가 플라크를 통과 한 후, 위협적인 그림자가 나타나 나를 따르기 시작했다. 대안없이, 나는 필사적으로 달리기 시작하지만, 짧은 시간 후에 그림자가 엄청난 속도로 가까워지고 있기 때문에 쓸모가 없다는 것을 깨닫습니다. 독자, 내가 무엇을 할 수 있습니까? 내가 짐승을 유지하면, 내가 짐승을 실행하는 경우 나를 먹는다. 나는 머물기로 결정했다. 그림자와 접촉, 세상은 어두워지고 지구가 회전하고 "영혼의 어두운 밤"은 나를 둘러싸고. 얼마 지나지 않아, 나는 땅이나 하늘이 없는 비어 있거나 어두운 이상한 곳으로 순간 이동한다. 갑자기 한 여성이 저를 도와주겠다고 제안하는 것처럼 보입니다. 나는 받아 들이고 그녀의 도움으로 순식간에 우리는 미지의 세계와 공간을 여행합니다. 많은 여행 후, 우리는 마침내 전투라는 특정 마을에 중지합니다. 그곳에서 우리는 거리를 걸었고 사실은 우리의 주의를 끌었습니다 : 나는 땅에 누워있는 작은 금 사슬. 나는 작은 사슬을 집어 들고 그 순간에 나는 다섯 번째 추기경 죄의 비전을 가지고 :

"브라이언은 이 지역의 잘 할 수 있는 가족에 속한 똑똑하고 현명한 교육을 받은 청소년이었습니다. 그의 주요 목적은 자신의 진화와 고대의 지식이었다. 브라이언은 나이의 어떤 소년처럼, 여러 친구가 있었다. 대다수, 학교 동료. 그러나 브라이언은 선한 성품을 가지고 있었기 때문에 다른 사람의 악을 이해하지 못했다. 특정 시간, 푸른 사막으로 여행의 기회가 발생, 아름다운 풍경으로 알려진 장소, 전설에 따르면, 어떤 사람을 행복하게 만들 수 있습니다. 순진한 브라이언은 친구들과 그 경험을 공유하고 싶었고 거의 모든 사람들에게 초대했습니다. 초대받은 사람들 중에는 브라이언과 함께 지역 모험을 했던 베니라는 사람이 있었습니다. 그들은 함께 선물을 풍요롭게 할 수 있는 좋은 것을 발견했습니다. 베니는 내면의 나쁜 감정을 가지고 있었기 때문에 브라이언과 우물을 공유하고 싶지 않았고 그를 죽였습니다. 그 행동이 끝난 후, 그는 우물로 들어가려고 했고 그것에 의해 저주를 받았다. 그는 결국 익사했다. 그가 죽은 후, "어두운 밤"은 응축되어 다른 추종자 중 한 명이 어둠 속으로 들어갔습니다. 어두운 밤은 정말 위험했다.

비전이 끝나고 몇 초 만에 돌아오는 여행을 합니다. 그런 다음 나는 내가 정상에 다시 있고 그림자가 사라진 것을 깨달았다. 제 5차 추경죄에 관한 지식을 집중적으로 동화시키는 데 활용합니다. 이제 두 명만이 저를 완전히 마스터할 수 있도록 남아 있었습니다.

부러움에 대해 배우기

　　　나는 작은 수액 집을 향해 다시 걷기 시작하고 그 순간에 나는 내가 가진 큰 공포에도 불구하고, 더 편안하고 자신감과 행복을 느낀다. 마지막 도전에 대해 생각하면서, 저는 조금 깊이 생각하고 그림자가 의미를 가지고 있고 그것이 무엇인지 알아내야 한다고 믿게 되었습니다. 이 목적을 통해, 나는 몇 가지 가능성과 그럴듯한 것 유일한 사람은 그림자가 아마도 필멸의 인간에 대한 어두운 밤의 통제와 그것을 직면하는 각각의 두려움을 나타낸다는 것입니다. 어떤 식으로든, 나는 도전을 극복했고 지금은 힌두교인을 다시 만나 그에게 좋은 소식을 줄 시간이 되었다. 그런 이유로, 나는 조금 더 빨리 걷고 각 단계와 함께 내 목적지가 더 가까워집니다. 이 정확한 순간에, 아마도 독자는 내가 너무 많은 경험을 살았던 후 도전에 대해 어떻게 생각하는지 물어. 대답으로, 나는 죄가 다른 영향을 미친다는 결론에 도달하여 그 어느 때보다 비뚤어진 "어두운 밤"에 생명을 비난 할 수있는 큰 사슬이되었습니다. 내가 내 자신의 에서 자유로운 사실은 다른 사람들이 그렇게 쉽게 같은 작업을 수행 할 수 있다는 것을 의미하지 않는다. 결국, 어두운 밤은 내가 상상했던 것보다 더 복잡하고 위험했다. 나는 내 여행에 대해 조금 잊고 나와 내 임시 천장 사이의 나머지 거리에 집중. 이 순간, 나는 다시 결정적인 될 수있는 새로운 만남의 전날이었다에 대한 불안과 기대로 가득차있다. 질문은 내 마음을 채우고 그들 중 일부는 : 힌두교는 지금까지 내 진화에 액세스 할 수있는 방법? 내가 올바른 길에 있을 수 있을까? 지금부터 어떻게 행동해야 합니까? 나는 즉시 멈추고 통제력을 잃는 것이 좋지 않아서 내 감정을 통제하려고 노력한다. 그것은 내 목표에 영향을 미칠 것입니다. 제 시세의 경험과 약간의 노력에 힘입어 저는 더 편안하고 희망적인 경험을 하게 됩니다. 재구성, 나는 시간의 짧은 공간에서 먼 거리를 걸을 수있는, 빨리 다시 걸어.

　　　몇 걸음 더 가면 임시 천장을 볼 수 있었고 힌두교와 그의 중요한 도움으로 지금까지 도달한 진화에 대해 바로 생각합니다. 사실, 성공을 계속하고 싶다면, 나는 편지에 그의 조언을 따라야한다.

나는 앞으로 계속하고 나는 힌두교 근처에 도착으로 텔레파시 접촉을합니다. 잠시 후, 나는 작은 집에 도착하여, 아무렇지 않게 걸어 들어와서 약속을 이행했습니다. 그는 대화를 시작하지만 근처 좌석에서 편안합니다.

—네가 다시 한 번 안전하고 소리가 나는 것을 볼 수 있다. 축! 각 단계를 수행하면 밤의 가장 심오한 신비에 더 가까워질 것입니다. 그러나, 각 도전에서 어려움이 고음 것, 그 어느 때보 다 더 신중하게 진행 할 필요가있다.

—축하해 주셔서 감사합니다. 겸손하게, 내 성공은 노력과 조언의 열매입니다. 나는 진화를 계속하고 누가 어쩌면 마지막에 승자가 될 알고 희망.

—아주 잘. 이제 나는 당신을 평가할 계획이다. 당신은 부러움에 대해 무엇을 발견했습니까? 어떤 결론에 도달했습니까?

—저는 부러움이 마음을 부식시키는 그림자라는 것을 배웠습니다. 그것은 분노, 교만, 죽고 복수하는 갈증과 같은 다양한 악을 일으키는 그것에 정착합니다. 부러워하는 사람은 자신을 잊어 버리고 다른 사람의 기능으로만 살며 그에게 해를 끼칠 수있는 모든 방법을 시도합니다. 이 추기경죄는 "영혼의 어두운 밤"을 강화하며, 다른 이에 대한 자기 비판과 사랑과 존경으로 싸울 수 있습니다. 내가 배운 것에 대해 이야기, 나는 지금까지 달성 한 다섯 가지 도전은 추기경의 죄가 얼마나 위험한 보여 주었다 말할 수 있지만, 되돌릴 수 있습니다. 이를 위해서는 좋은 교육, 윤리, 자존심, 타인에 대한 존중, 우리가 실수를 할 때 인식할 수 있는 능력이 필요합니다. 제가 지금까지 살았던 모든 것이 끝나고, 저는 우리가 쓰러진 경우에도 주님께서 회개한 사람에게 자비로우시기 때문에 항상 변화할 수 있다고 결론을 내렸습니다.

—화려한 결론이지만, "어두운 밤"은 오랜 시간 동안 지배하에 살고있는 사람들을위한 탈출의 몇 가지 대안을 떠난다는 것을 알아

야한다. 변화하는 측면을 결정하는 사람들의 치명적인 경우도 있습니다. 기존의 큰 희망에도 불구하고, 우리는 모든 가능성을 무게해야합니다.

—나는 변화하는 과정으로 어려울 수 있다는 것에 동의하지만, 우리는 그것이 불가능하지 않다는 것을 인정한다. 그것은 모두 사건에 따라 달라집니다. 성경에 묘사된 가장 큰 예는 예수 그의 큰 마음으로 그 옆에 십자가에 못 박히는 범죄자를 용서했다는 것입니다. 이런 태도로 그는 어두운 밤에 자신이 가진 힘을 보여주었고 무엇이든 가능하다는 것을 보여주었습니다. 따라서 악이 어떤 원인을 알고 다시 태어나기로 결심하는 사람들에게는 희망의 광선이 있습니다.

—여러분이 말한 것이 옳습니다. 용서는 죄를 구속하는 강력한 열쇠입니다. 그러나, 그것은 마음에서 오는 것이 필요 하 고 몇 사람들이 그 능력을 가지고. 많은 사람들이 지니고 있는 분노와 고통은 방해입니다.

—그렇다면 어떻게 행동해야 하는가?

—인내심을 가져야 합니다. 당신은 여전히 훨씬 더 많은 것을 배울 것입니다. 경험과 시간을 가진 어둠의 길을 걷는 것은 공통의 인간에게 닿지 않는 모든 신비를 이해할 수 있을 것입니다. 이러한 이유로, 내일 시작됩니다 다음 도전에 대한 준비. 시간이 올 때까지, 지금까지 당신에게 일어난 모든 것에 대해 반영합니다.

그렇긴 해도, 힌두교도는 산 꼭대기에서 산책을 하러 떠났고 나는 그의 충고를 따를 것이었다. 영혼의 어두운 밤과 관련하여 아직 많은 진전이 있었습니다.

중요한 반사

반사의 목적으로, 나는 내 침대에 접근 (따뜻하고 조용한 장소). 나는 작은 수액 집이 다소 험악하기 때문에 빨리 거기에 도착했다. 그 앞에, 나는 올라가서 앉아서 편안해했다. 그 때부터 저는 반성의 과정을 시작합니다. 저는 꿈의 시작부터 시작하며, 제가 숨지고 알려지지 않은 곳으로 여행을 하게 된 용기, 열정, 힘, 신앙을 기억합니다. 그 당시, 나는 가난한 자나거의 더 나은 공정한 세상을 위해 필사적으로 싸우는 단순한 몽상가에 지나지 않았다. 저는 실패할 확률이 크지만 포기하지 않는 것이 중요했기 때문에 여정 전체를 기억합니다. 얼마나 좋은 지속했다! 내 목적지에 찬성 비관론자에 맞서 싸우고, 그 선물을 감당할 것이다, 나는 숙달과 영리와 부과 된 어려움을 극복, 거대한 산을 등반. 큰 노력 끝에, 나는 정상에 도달, 자신에게 그 장소의 보호자 숙녀를 명명 이상한 여자를 만났다, 모두가 신성한 것 내기 (나를 포함) 그, 그 내 경로에 나를 도울 것을 약속했다. 그리고 그곳에서 제 여정이 시작되었습니다.

제가 처음 이곳에 온 것을 기억하면서, 저는 제가 직면해야 할 어려움에 대해 제가 해야 할 어려움에 대해 제가 해야 할 모든 노력과 각 단계를 축하합니다. 그들은 내 잠재력을 조금 보여 주었고, 그것은 정말 멀리 갈 수 있고 그렇게 먼 미래에 알고, 그것은 진화하고 우수한 영에 의해 나에게 약속 된 대로 세계를 정복. 제가 저를 완전히 파괴할 수 있는 동굴에 직면할 수 있다는 약속을 신뢰하고 있었습니다. 나는 가서 보고 정복했다! 동굴에서의 경험은 독특했고, 내 자연스러운 은사를 개발하여 선견자가 되었고, 그의 비전을 통해 전지전능한 존재가 되었습니다. 나는 완전히 준비되지 는 않았지만, 그것은 내가 꿈꾸던 경력의 시작이었고, 그러나, 그것은 내 내면에서 원하는 것보다 더 좋았다. 수호 여인과 어린 소년 레나토의 도움을 받은 동굴이 끝나고, 나는 동굴에서 과거에 들었던 목소리를 찾기 위해 시간을 초월했다. 목소리의 소유자는 크리스틴 (나중에 배울 것)이라고불렸고, 나는 XX 세기 초에 부당한 시스템인 "코로넬리즘"의 가면을 벗기위해 그녀를 돕기 위해 보냈습니다. 또한 불균형한 상대 세력을 모을 수 있습니다. 여행은 성공적이었고 30 일 동안 많은 모험을 살았으며, 첫 번째 베스트 셀러 : 반대 세력 - 동굴의 신비로 구성되었습니다. 그것은 선견자의 꿈의 통합의 시작의 첫 번째 단계였다. 모험을 마치고 집으로 돌아와 책임을 다하고 수학 졸업을 마칠 수 있도록 했습니다. 나는 그 사업에서 다시 운이 좋았고, 나는 시세자가 아직 끝나지 않았다고 약속했다. 아름다운 날에, 과거의 기억에 의해 격려 (나는 많은 사람들이 믿는 대로 하나님이나 운명에 의해 선택되고 어둠이나 단순히 악에 의해 테스트해야했던 시간에서), 나는 나를 익사하고 거의 완전히 잃어버린 어두운 밤에 의해 다시 방해 느꼈다. 그 것으로 선동받은 저는 산이 제가 알고 있는 유일한 신성한 장소였고 다시 도움이 될 수 있는 것을 기억합니다. 나는 새로운 여행을하기로 결정하고 여기에 나는 새로운 목표와 새로운 꿈을 가지고 있습니다. 내가 다시 이길 수 있을까? 아니면 어둠 속에서 영원히 길을 잃을까요? 앞으로 다가올 일이 오기를, 나는 내 반성을 끝내고 내 인생을 돌보기로 결심한다. 일정 시간 후, 힌두교가 돌아오고, 밤이 떨어지고 우리는 저녁 식사를합니다. 더 많은 시간이 지남에 따라, 우리는 내 열망에 대한 결정적인 다음 날에도 불구하고, 걱정없이 잠을 가기로 결정했습니다.

-

-

글루토니와 나무늘보

태양의 첫 번째 광선이 나타나고 눈부심은 내 몸을 몰입 토퍼에서 나를 깨워. 조금도 불만, 나는 일어나서 내 첫 번째 행동은 내가 전날 했던 반사를 분석하는 것입니다. 잠시 생각한 후, 나는 그것이 나에게 더 많은 열정을 가져왔다는 결론을 내린다, 나는 여전히 영혼의 어두운 밤과 관련하여 잃어버린 하지만. 장단점을 계량하면 긍정적인 균형이 있다고 느낍니다. 이 문제가 당분간 닫히면서, 나는 현재의 길에 자신을 발견하고 매일 의식을 끝내려고 노력한다. 내가 하는 첫 번째 일은 목욕을 하기 위해 화장실에 가는 것이고, 몇 걸음 정도 가면 거기에 도착하는 것입니다. 나는 들어가서 문을 닫고 옷을 벗고 찬물을 부어 내 뜨겁고 야생의 몸에 (혼자 채워진 용기에 보관)를 붓기 시작했다. 감각은 좋고 반사와 기억을 되살리게합니다. 나는 잠시 동안 생각하고 자신에게 물어 : 나는 지금 누구였는가? 확실히 1 년 전 처음으로 산에 있던 단순한 몽상가가 아니라 진화와 성공을 찾는 선견자. 현재의 길에서 저는 이미 5개의 단계를 성취했으며, 그 결과 추기경죄에 대한 보다 기술적이고 예리한 지식을 갖게 되었습니다. 그럼에도 불구하고, 나는 아직 준비가되지 않았습니다. 저는 영혼의 어두운 밤의 깊이에 도달하여 장관을 이루겠다고 약속한 계시에 대한 공정하고 완전한 비전을 제시하기 위해 더 진화해야 했습니다. 어떻게 도달합니까? 그 정확한 순간에 나는 아무 생각이 없었다. 내가 아는 유일한 확실한 것은 내가 그 아름답고 흥미 진진한 이야기의 끝에 도달 할 때까지 위험을 계속 할 것이라는 것이었습니다. 잠시 후, 나는 의심, 불안, 불확실성 및 목욕에만 집중하는 기존의 질문에 대해 잊어 버린다. 나는 비누를 입고, 자신을 문질러, 더 차가운 물을 부어 내가 완전히 깨끗느낄 때, 나는 수건을 얻고 자신을 건조. 옷을 입고, 화장실을 떠나 아침 식사를 하러 간다. 몇 걸음 더 나아가서 저는 그곳에 있었고, 현재의 주인을 다시 만나고, 식탁에 앉아 서서 저를 섬기기 시작했습니다. 먹이 주기 사이에 대화가 시작됩니다.

—알디반, 선생님, 오늘의 도전은 나의 감독 하에 마지막이라는 것을 알려줄 의무가 있습니다. 이 단계가 완료되면, 당신은 구체적인 답변에 도달하고 정말 어두운 밤을 이해하려는 경우, 당신은 먼 섬으로 여행해야합니다. 그곳에서 가장 심오하고 조밀한 어두운 밤을 아는 사제들을 찾아볼 것입니다. 그녀는 엘도라도의 수호자이며, 두 세계인 "육신"과 "영적"으로 이어지는 신성한 장소이며, 이는 여러분의 성공의 열쇠가 될 수 있습니다. 필요한 모든 답변을 찾을 가능성이 매우 높습니다.

— 저는 모든 위험에도 불구하고 제 커리어에 중요한 지위에 따라

계속 할 준비가 되어 있습니다. 그것은 진화의 문제이며, 나는 마음을 매혹하는 평화와 분별력을 갖고 싶다. 내 다음 단계에 대해 말해.

— 조금 나중에 예정되어 있습니다. 마지막 두 추기경의 죄를 이해하는 것을 목표로하는 것이 목표: 글루토니와 나무늘보. 그들과 함께 세심한 주의를 기울이십시오, 분명히 그렇게 무덤이 아니기 때문에, 그들은 여러 번 치명적이되는 과정을 해제 할 수 있습니다. 이 시점에서 당신이 선견자의 직관을 완전히 따르고 가능한 최선의 방법을 흡수하려고 할 필요가있다.

—저를 인도해 주셔서 감사합니다. 나는 당신이 내 경로뿐만 아니라 보호자 여성뿐만 아니라 내 경로에 큰 중요성과 기여를 했다는 것을 알고 싶어요. 나는 다시 승리의 목표로 노력을 계속할 것을 약속드립니다.

— 감사할 필요가 없습니다. 당신의 실현을 계속 *미스터* 그리고 나는 행복 할 것이다.

우리는 잠시 동안 서로 껴안고 아침 식사를 마쳤습니다. 나는 다른 단계를 시작하기를 원했기 때문에 즉시 도전을 성취하기로 결정했습니다. 그래서 저는 힌두교인에게 작별인사를 하고 서둘러 작은 수액 집을 떠났습니다. 밖에서는 잠시 생각하고 어느 방향으로 가야 할지 결정합니다. 이번에는 북서쪽을 선택하고 가능한 한 빨리 그것을 향해 걸어 갔다. 걷기 시작할 때, 나는 내 전략을 계획하기 시작했다. 그것에 대해 생각하고, 이전의 도전을 기억하고, 내 용기, 결단력과 통제가 내 승리에 얼마나 중요한지 이해하게. 그들없이, 나는 확실히 어둠의 실제 경로에 굴복했을 것이다. 나는 이 알려지지 않은 전투에 대해 이전과 같은 접근법을 유지하기로 결정했다. 이 결정은, 나는 다른 아무것도 생각하고 산책을 계속합니다.

그러나, 성공의 좋은 기회에도 불구하고, 나는 아직 완전히 편안하지 않다. 현재는 불확실한 미래에 대한 의구심이 든다. 나는

나 자신에게 물어 : 이 먼 방법으로 섬에서 나에게 무슨 일이 일어날 것인가? 영혼의 복잡한 어두운 밤을 마침내 이해하기 위해 어떤 새로운 도전에 직면하고 극복해야 할가? 이 모든 평정을 회복하기 위해 잠시 멈추게합니다. 내 선견자의 힘과 좋은 감각을 사용하여, 나는 자신을 제어 할 수 있습니다. 결국, 그것에 대해 걱정할 적절한 시기가 아닙니다. 나는 한 번에 각 장애물을 살아 극복해야합니다. 지금 가장 중요한 것은 힘을 모으고 한 번 더 도전을 극복하는 것이었습니다. 이 점을 염두에 두고, 나는 다시 걷기 시작하고 마치 마법의 스트로크에 의해, 나는 완전히 집중하고 준비되어 있습니다. 의심, 두려움, 불안 과 같은 나를 사로 잡힌 것은 이제 뒤에 있었다. 좋은 징조였습니까? 사실도 불구하고 나는 그렇게 생각했다, 나는 확실하지 않았다. 제가 아는 것은 어려움을 극복할 준비가 더 잘 되어 있다는 것이었습니다.

저는 오로루바 산의 놀라운 꼭대기를 따라 긴 걸음을 걸으며 계속 걷고 있습니다. 장소는 정말 고무적이었고, 나는 내 목적지에 도착하기 위해 서둘러 있었기 때문에 그 아름다움을 멈추지 않고 존경하지 않기 위해 노력해야합니다. 이번에는 어떻게 될까요? 나는 아무 생각이 없었고, 내 경력에서 더 나은 더 풍성한 삶을 위해 더 많은 싸움을 격려했다. 결국, 저의 야망은 많은 마음이 지식에 목말라 있고 독서의 즐거움을 주는 제 예술에 매혹되는 것이었으며, 저는 하나님과 우주가 항상 제 곁에 있다는 것을 확신해야 했습니다. 그들의 도움이 아니었다면, 나는 어두운 밤의 첫 경험조차도 살아남지 못했을 것입니다. 나는 내 개인 생활의 이 상징적인 부분을 밝히기 위해 답을 찾아 갔다. 그래서, 나는 험난하고 비우호적 인 세상의 끝으로 여행에 다시 위험에 자신을 넣어. 그러나 지금까지의 모든 것이 의미가 있었고 계속하고 싶습니다. 다른 것을 생각하지 않고, 나는 활발하게 걷고 목적지에 가까이 도착한다.

잠시 동안 걷고, 나는 산의 북서쪽 꼭대기에 도착했다. 전방에서는 상대 세력과 마찬가지로 두 개의 경로를 표시하는 클리어링이 나타납니다. 나는 이전 시대와 같이 또 다른 중요한 선택을 다시 강요받았다. 근본적으로 내 운명을 바꿀 수있는 선택. 그러나 전에는 두 가지 현재 옵션의 정확한 의미를 발견해야합니다. 이 목표를 가지고, 나는 집중하고 답을 추측하기 위해 내 시세의 힘을 사용합니다. 즉시, 나는 성공하고 명확하게 각 옵션의 측면을 볼 수 있습니다. 그들은 약점과 힘을 나타냅니다. 이제 결정하는 것이 더 쉽습니다. 힘을 선택한다면, 인간의 미덕에 유리한 현재의 측면에 직면하게 될 것입니다. 이것은 좋은,하지만이 모험에 가장 적합한되지 않습니다. 그러나 약점을 나타내는 옵션을 선택하면 어떤 사람들의 더 나은 결함을 이해할 것입니다. 그것은 따라야 할 올바른 옵션입니다. 선택, 나는 선택한 경로를 향해 걸어 그리고 그것은 평면에 나를 걸립니다, 넓고 잘 조명 장소, 중간에 집이있는 곳. 이 순간, 내 직관은 거기에 가서 내 의지를 따르도록 나를 추진한다. 나는 몇 걸음을 내딛고 집 앞에 도착하여 박수를 쳤다. 내 항소에도 불구하고, 나는 받지 못하고 아무 일도 일어나지 않는다. 그럼에도도 불구하고, 나는 들어가기로 결정했다. 나는 문에 가까이 다가와 그것을 두드리고 그것이 항아리라는 것을 깨달았다. 나는 상황에서 활용하고 부담없이 걸어. 내가 들어갈 때, 나는 그것이 어떻게 생겼는지에 대해 큰 공포를 얻었다. 그것은 매우 어수선한, 가구와 개체 의미 흩어져. 나는 통과하고 식당에 도착, 나는 건강에 나쁜 많은 사탕으로 구성된 아름다운 연회테이블에 볼 수 있습니다. 나는 모든 것을 보고 잠시 동안 거기에 서 있다. 그 상황은 무엇을 의미합니까? 확실히, 적어도, 큰 약점. 나는 몇 가지 표지판을 찾고 집을 통해 걸어 수행. 나는 방 근처에 도착, 들어가기로 결정, 나는 사방과 같은 혼란을 참조하십시오. 여기에 "약한 자의 요새"라는 글이 쓰여진 오른쪽에 있는 침대입니다. 나는 더 가까워지고 터치로, 열파가 내 몸을 통과하여 순차적으로 다음과 같은 비전을 일으켰습니다 : 필립은 행복한 소년이었고, 영리하고 예의 바른, 매우 부유 한 명성의 아들이었습니다. 유일한 아들이기 때문에, 그는 그에게 그가 원하는 모든 것을 준 그의 부모에 의해 매우 버릇이었다. 어린 시절부터 그는 짜증나는 노래와 불굴의 문제인 글루토니를 보았습니다. 시간이 지남에 따라 상황이 악화되었고 그는 먹고 잠을 말고 아무것도하지 않았습니다. 그럼에도 불구하고, 부모는 아들의 문제를 볼 수없는 것 같았다. 유휴 필립의 결과로 비만이 되었고 나쁜 습관을 습득했다. 그런 다음 질병, 불행과 악이 발생했습니다. 상황은 부모의 돈조차도 그를 도울 수 없다는 점에 도달했습니다. 어느 날, 조기 사망이 발생하고 영혼의 어두운 밤이 가해자 주위에 응축됩니다. 그는 약점 자체가 아니라 그 로부터 발생하는 행위에 의해 비난되었다.

시현이 끝나고, 나는 다시 집 안의 방에서 자신을 발견한다. 나는 내가 찾고있는 것을 발견했기 때문에 떠난다. 집을 나가면서 빨리 걷고 곧 다시 산의 북서쪽 꼭대기에 있습니다. 나는 힌두교에 뉴스를 알리기 위해 즉시 임시 거주지로 돌아가기로 결정했다.

힌두교에 작별 인사

이전의 의도를 염두에 두고, 나는 또 다른 전투가 끝난 후 나를 기다리고 있던 힌두교 주인을 향한 첫 걸음을 내디뎠다. 어떻게 받을 수 있을까요? 나는 전혀 몰랐다, 그리고 그것은 내 산책에 정확히 특별한 기쁨을 주었다. 어떤 식으로든, 나는 모든 사태에 대비해야했다. 그런 이유로, 나는 내 지식을 재현, 내 자연 선물을 강화, 내 감정을 제어하고 산책을 계속. 내 리듬과 활발한 단계는 내 실제 영적 상태를 반영: 고요하고 자신감. 나는 내 개인 및 직업 생활에 영향을 미치는 몇 가지 중요한 결정을 내려야하기 전날이었기 때문에 그렇게 유지해야했다. 모든 내 사업의 성공에 대 한 계산 하 고 지금부터 매우 경고 했다.

그 선취와 함께, 나는 산책을 계속하고 조금 더 나는 내 목표에서 나를 분리 거리의 좋은 부분을 걸어. 이 위업은 내가 결정적이고 계몽적인 만남에 가까웠기 때문에 나를 더 행복한 사람으로 만든다. 그 후에 는 어떻게 될까요? 알지 못했음에도 불구하고, 나는 시세와 사람으로서 계속 진화하겠다는 나의 의도를 확신했다. 그 외에도, 내가 이전에 살았던 모든 것은 나에게 가능성이 승자가 될 수 있는 자격 증명을 준, 심지어 매우 위험하고, 비참하고 예측할 수 없는 경로를 걷고. 확실히, 나는 힌두교와 내 머리를 높은 다음 어려움에 직면 할 것이다. 그것에 대해 생각, 나는 산책을 계속하고 조금 앞서 나는 작은 수액 집을 볼 수 있습니다. 이 정확한 순간에, 내가 주인의 감독하에 보낸 개선 시대의 기억을 떠오릅니다. 그와 함께 저는 제 자연스러운 은사를 향상시키고 자기 수양과 인내를 키우는 법을 배웠습니다. 그 기억에 관여, 갑자기 내 마음에 불안을 느꼈다, 그것은 알 수없는 향해 거기에서 출발 하는 적기 인지 나를 의심 하 게. 결국, 산과 그 신비는 나에게 몇 가지 학습 상황을 부여하고이 나는 나를 많이 진화했다. 잠시 후 논리를 사용하고 내 감정을 억제 할 수 있습니다. 그리고 운명에 완전히 자신을 주고 지금은 다른 방향으로 지적했다. 더 편안하고 준수, 나는 산책을 계속하고 난 적어도 내가 내 임시 거주지 앞에있을 것으로 예상할 때. 지체없이 나는 빨리 걸어 들어갑니다. 나는 힌두교와 레나토 (상대 세력의 모험 동반자)를 찾기 위해 깜짝 선물을 얻었습니다. 나는 그들을 다시 만나는 것을 기쁘게 생각하고 나는 한 번에 그들을 맞이한다. 힌두교는 대화를 강요 :

—난 당신이 여전히 한 조각에 있는 것을 본다. 승리를 축하합니다! 여러분은 추기경의 죄에 대한 통제와 지식을 얻는 초기 임무를 완수했습니다. 이제 다음 도전을 통과 할 준비가되었는지 알고 싶습니다. 도전 하는 동안 당신의 경험에 대해 말해.

—축하해 주셔서 감사합니다. 도전에 관해서는, 나는 북서쪽 방향을 따르기로 결정했고 잠시 후 나는 중요한 결정을 내릴 수밖에 없었다. 나는 그 의미를 알지 못했던 두 가지 길에 직면했다. 제 힘과 경험의 도움으로, 저는 그들이 약점과 힘을 의미한다는 것을 이해했습니다. 나는 두 가지 옵션을 공정하게 분석하고 마지막 두 추기경죄, 대식가와 나무늘보를 이해하기 위해 찾고 있었기 때문에 첫

번째 옵션을 선택했습니다. 선택한 후, 나는 그것의 중간에 집이있는 평평하고 넓은 장소에 액세스 할 수 있었다. 본능에 따라 더 가까워졌고, 앞으로 더 나아갔고 마침내 들어갔습니다. 나는 이것을 표지판을 가져갔다. 나는 내 관심을 끌었던 방에 도착할 때까지 계속 주위를 둘러본다. 침대가 있었고, 그것을 만져서 나에게 필요한 모든 지식을 제공하는 비전을 가지고 있었습니다. 내가 살았던 모든 것은 금식과 나무늘보가 무해한 것처럼 보이지만, 바닥에는 상상할 수 없는 위험을 지니고 있는 두 가지 추기경죄라는 결론을 내렸다. 그들은 질병과 외로움과 같은 일련의 악을 일으킵니다. 이 모든 결합은 개인 자신과 다른 사람을 해치는 행위를 초래할 수 있습니다. 이들은 일반적으로 "영혼의 어두운 밤"을 이끌 수 있는 행위로, 그 자체를 강화시켜 개인을 비난할 수 있는 힘을 줍니다. 이것은 매우 심각합니다.

—어떤 해독제들이 대식대와 나무늘보에 맞서 싸우라고 제안하는가?

—좋은 가족 양육, 꿈, 삶의 감각, 다른 사람에 대한 자존심과 존경심을 깨우는 적절한 윤리가 필요합니다.

— 화려한 논쟁. 이제 나는 당신이 다음 단계에 대한 준비가 되어 있다고 생각합니다.

—다음 단계? 레나토는 어디에 있을 것이며 왜 레나토는 어디에 있을까요? – 나는 묻습니다.

—레나토는 잃어버린 섬으로 여행하는 동반자가 될 것이며, 엘도라도의 수호자인 사제들의 도움을 받을 것이며, 이 문은 두 세계를 봉인하는 문입니다.

—정말 필요한가요? 나는 나의 실제 진화와 함께 나는 경로의 요소와 장애물에 직면하는 데 도움이 필요하지 않다고 생각합니다.

—거만하지 마십시오. 레나토는 당신을 도울 것입니다 그리고 회사를 유지합니다.

—저는 산의 수호자에 의해 특별히 파견되었고, 나의 참여는 반대 세력에 필수적이었다는 것을 기억한다. 레나토 주.

—좋아. 두 사람 모두를 용서해 주십시오. 언제 떠나고 있습니까?

— 둘 다 원할 때마다. 그러나 빨리 더 나은. 힌두교는 말한다.

—감사합니다. 나는 내 가방을 포장 할 것 같아요. 레나토, 우리가 가야 할까요?

—가자.

이야기가 끝나면, 우리는 정크를 포장하기 위해 힌두교를 떠났습니다. 레나토는 이미 준비되어 있었고, 그는 재미를 만들고 나를 찌르기 위해, 절반 정도 기회를 취합니다. 악동. 다시 한 번 우리는 예측할 수 없는 위험한 모험속에서 함께 했습니다. 지금부터 어떤 일이 일어날까요? 독자 여러분과 함께 계속 합시다.

끝